文春文庫

紀《き》伊《い》ノ変《へん》

居眠り磐音（三十六）決定版

佐伯泰英

文藝春秋

目次

「居眠り磐音」

主な登場人物

坂崎磐音《さかざきいわね》
元豊後関前藩士の浪人。直心影流の達人。師である佐々木玲圓の養子となり、江戸・神保小路の尚武館佐々木道場の後継となった。

おこん
磐音の妻。磐音が暮らした長屋の大家・金兵衛の娘。今津屋の奥向き女中だった。磐音の嫡男・空也《くうや》を生す。

今津屋吉右衛門《いまづやきちえもん》
両国西広小路の両替商の主人。お佐紀《さき》と再婚、一太郎が生まれた。

由蔵《よしぞう》
今津屋の老分番頭。

佐々木玲圓《ささきれいえん》
磐音の義父。内儀のおえいとともに自裁。

松平辰平《まつだいらたつぺい》
佐々木道場の住み込み門弟。父は旗本・松平喜内《きない》。廻国武者修行中。

重富利次郎《しげとみとしじろう》
佐々木道場の住み込み門弟。土佐高知藩山内家の家臣。

霧子《きりこ》
雑賀衆の女忍び。佐々木道場に身を寄せる。

品川柳次郎《しながわりゅうじろう》
北割下水の拝領屋敷に住む貧乏御家人。母は幾代《いくよ》。

竹村武左衛門《たけむらぶざえもん》
陸奥磐城平藩下屋敷の門番。早苗など四人の子がいる。

弥助《やすけ》
「越中富山の薬売り」と称する密偵。

幸吉《こうきち》
深川・唐傘《からかさ》長屋の叩き大工磯次《いそじ》の長男。鰻屋「宮戸川」に奉公。

おそめ
幸吉の幼馴染み。縫箔職人を志し、江三郎《こうざぶろう》親方に弟子入り。おはつの姉。

桂川甫周国瑞《かつらがわほしゅうくにあきら》
幕府御典医。将軍の脈を診る桂川家の四代目。妻は桜子。

笹塚孫一《ささづかまごいち》
南町奉行所の年番方与力。

木下一郎太《きのしたいちろうた》
南町奉行所の定廻り同心。

徳川家基《とくがわいえもと》
将軍家の世嗣。西の丸の主。十八歳で死去。

小林奈緒《こばやしなお》
磐音の幼馴染みで許婚《いいなずけ》だった。小林家廃絶後、江戸・吉原で花魁《おいらん》・白鶴《はっかく》となる。前田屋内蔵助に落籍され、山形へと旅立った。

坂崎正睦《さかざきまさよし》
磐音の実父。豊後関前藩の藩主福坂実高《ふくさかさねたか》のもと、国家老を務める。

田沼意次《たぬまおきつぐ》
幕府老中。愛妾のおすなは「神田橋のお部屋様」の異名をとる。

『居眠り磐音』江戸地図

新吉原
叡山 寛永寺
忍ヶ岡
上野
下谷車坂町
新寺町通り
下谷広小路
浅草
浅草寺
山谷堀
待乳山聖天社
竹屋ノ渡し
向島
今戸橋
今津屋寮
常泉寺
小梅村
花川戸町
源森川
新堀川
吾妻橋
業平橋
品川家
十間川
首尾の松
北割下水
今津屋
本所
吉岡町
天神橋
石原橋
法恩寺橋
新シ橋
浅草御門
南割下水
柳原土手
両国橋
横川
入江町
金的銀的
長崎屋
回向院
竪川
薬研堀
松井橋
大川
浮世小路
若狭屋
鰻処宮戸川
六間堀
河岸
猿子橋
新高橋
鎧河岸
日本橋川
新大橋
小名木川
本橋
万年橋
霊巌寺
鎧ノ渡し
深川
砂村新田
亀島橋
金兵衛長屋
霊岸島
八丁堀
仙台堀
永代橋
永代寺
鉄砲洲
富岡八幡宮
越中島
堺橋
佃島

護国寺
面影橋
中山道
日光御成街道
小石川
伝通院
本郷
下谷茅町
石切橋
牛込
豊後関前藩
上屋敷
湯島天
神田川
牛込御門
水道橋
表猿楽町
神田明
尚武館佐々木道場
駒井小路
駿河台
昌平橋
田安御門
市谷八幡宮
九段坂
神保小路
俎橋
雉子橋
内藤新宿
四谷大木戸
市谷御門
一橋御門
千鳥ヶ淵
鎌倉河岸
善国寺谷通
麹町
江戸城
神田橋
四谷
四谷御門
本丸
大手御門
半蔵御門
道灌堀
西の丸
一石橋
平川天満宮
和田倉御門
馬場先御門
鍛冶橋御門
南町奉行所
比丘尼橋
清水谷
溜池
数寄屋橋御門
三十間堀川
氷川明神
木挽橋
原宿
木挽町
愛宕権現
長谷寺
宝泉寺
増上寺
芝
麻布広尾町
麻布村

紀伊ノ変

居眠り磐音（三十六）決定版

第一章　田沼の影

一

安永《あんえい》九年（一七八〇）の新春を迎え、紀伊《きい》領内姥捨《うばすて》の郷《さと》はいくたびか白一色の世界に染められた。

厳しい寒さだったが、この郷に寄寓する磐音《いわね》らにとって、江戸を出て以来、かようにも自然にいだかれて安息の中で時を過ごしたことはなかった。

磐音がお蚕《かいこ》屋敷を出た空也《くうや》と初めて対面したのは、姥捨の郷の習わしにしたがい、生誕三日目に産湯《うぶゆ》をつかわされたあとのことだ。

「磐音様、空也にございます」

おこんから空也を渡された磐音は、しっかりと両腕にわが子を抱きとめてその重さを感じた。

「空也、父じゃぞ。おこんとそれがしの子じゃぞ」

磐音が、頭にしっかりと産毛《うぶげ》が生えた赤子に話しかけた。

「未《いま》だ空也には父も母も分かりますまい」

「おこん、そうではない。赤子はな、初めて接した人間の温《ぬく》もりを父母として心に刻みつけ、記憶しておるものじゃそうな。関前《せきまえ》のお婆様《ばば》が幼いそれがしに教えてくだされた」

「この世に生を享《う》けた空也を最初に抱き上げたのは、この郷の産婆様にございます。ならば空也は産婆様を母親と勘違いしませぬか」

「赤子は母の胎内から胞衣《えな》に包まれてこの世の光を見ると聞いた。産婆どのが湯をつかわして赤子に変わったとき、最初に両腕に抱いたのはおこん、そなたであろう」

「いかにもさようにございます」

「空也が肌で母親を知った、まさにその時じゃ。そして今、それがしがこの空也を抱き上げた最初の男子であろうが」

「いかにもさようです」

「おこん、ゆえに空也は母親も父親もすでに承知なのじゃ」

「お婆様の教えですもの、間違いございませんね」

「いかにも親子の対面じゃぞ。よいな、空也」

と磐音が話しかけた。

お蚕屋敷の戸口でおこんと空也を出迎えた磐音は、空也を抱いて御客家《おきやくや》に戻った。すると弥助《やすけ》、松平辰平《まつだいらたつぺい》、重富利次郎《しげとみとしじろう》、そして霧子《きりこ》の四人が待ち受けていた。

「坂崎家《さかざき》の嫡男《ちゃくなん》にして佐々木《ささき》家の跡継ぎのご誕生、祝着至極《しゅうじゃく》にございます」

と弥助が密偵の仮面を脱ぎ去り、武家の口調になって祝辞を述べた。さらに、

「若先生、おめでとうございます。賑《にぎ》やかになります」

と辰平が満面の笑みで笑いかけ、

「おこん様、旅に出てこれほど嬉《うれ》しい出来事はございません」

と霧子が顔を綻《ほころ》ばせ、

「どりゃどりゃ、おお、顔の容子《ようす》は若先生じゃな。いや、眼差《まなざ》しはおこん様そっくりじゃぞ」

利次郎が空也の頬《ほお》に指先で触れた。

「利次郎さん、そのように汚れた手で強く触ってはなりません」

と霧子に注意された利次郎が、

「霧子、それがしの手は汚れておらぬ、また強くも触っておらぬぞ。それにしても赤子の肌は柔らかいものじゃな。それがし、初めての感触かな」

「またそのように何度も触られて。若先生、私にも空也様を抱かせてもらえませぬか」

磐音の腕から霧子に渡され、ひとしきりあやした後、

「霧子、そなたばかりが空也様を独り占めにするでない。この重富利次郎にも抱かせてくれ」

と霧子の腕から抱き取り、さらに辰平、次いで弥助の腕に移された。

「空也、われら身内の挨拶《あいさつ》を受けたこととなる。この瞬間《とき》の触れ合いを生涯忘れるでないぞ」

磐音が空也に説き、愛《いと》おしそうにいつまでも抱き続ける弥助からおこんの腕へと戻された。

「若先生、われら身内にございますか」

「辰平どの、この姥捨の郷に集《つど》うた六人に血の繋《つな》がりはない。じゃが、それがしとおこんは夫婦として、そして、弥助どのは朋輩《ほうばい》として、辰平どの、利次郎どの、

霧子は師弟として、かような運命《さだめ》をともにすることになった。これを身内と呼んでなんの差し支えがあろうか。本日、こうして空也が加わった」

「身内七人ですか。若先生が父、おこん様が母とすると、弥助様は爺《じい》様か」

「利次郎さん、なんということを」

と霧子にまた叱《しか》られた利次郎が、

「さしずめ霧子は気の強い妹かのう」

と思わず洩《も》らして今度は睨《にら》まれた。

「命の恩人になにを言うのです」

「霧子が命の恩人じゃと。どうしてか」

「紀伊領内に入られて、この内八葉外八葉《ないのはちようげのはちよう》の山中をどのようにして動き回られましたな」

「紀伊藩のお役人を気にしてな、尾行されぬようわれら二人の痕跡《こんせき》を消しながら移動したぞ。なんとも利口な策であったろうが」

「体の臭《にお》いや足跡を消す術《すべ》はだれに教わりましたか」

うむ、と口ごもった利次郎が、

「そうか、われらが通った痕跡を消す術はすべて霧子、そなたから教わったものであったな。ついうっかりそのことを忘れておったわ。命の恩人な、言われてみればそうやもしれぬ」

利次郎が得心したように頷《うなず》き、霧子が、

「ならば私は利次郎様の師にして命の恩人にございましょう。それをなんですね、気の強い妹などと」

「口が滑った。なんだ、この一家の末弟はそれがしか」

利次郎が愕然《がくぜん》としたところで笑いが起こった。

磐音とおこん、二人だけで始まった流浪の旅は、霧子と弥助が加わり、姥捨の郷を思いがけなくも松平辰平と重富利次郎が訪れ、安永九年の新春に新たな命が誕生して急に賑やかになった。

おこんにとっても磐音にとっても、心豊かにもおだやかに迎えることができた新年だった。新しい一家の旅立ちの朝でもあった。

姥捨の郷の御客家に暮らすおこんは、飽きることなく空也の顔を眺めながら、

「磐音様、私はこれほど満ち足りた幸せを感じたことはございません。この郷に誘《いざな》ってくれた霧子さんにどれほど感謝してもし足りません」

と洩らしたものだ。

「おこん、その気持ちはそれがしとておなじじゃ。雑賀衆《さいかしゅう》の暮らす郷はなんとも心をおだやかにしてくれる地であるな。季節の豊かな移ろいのせいか、人々の温かい心持ちのせいか、われらをこのような安寧な気持ちにさせてくれる」

「お蚕屋敷で梅衣《うめごろも》のお清《きよ》様が申されました。この姥捨の郷は空海様の慈悲に生かされておる郷ゆえ、紀伊藩も江戸幕府の何者も立ち入ることができない、と。私どもは弘法大師様の御心に守られているのですね」

「おこん、そのとおりやもしれぬ」

磐音はおこんと空也の顔を眺めながら、満足げに呟《つぶや》いたものだ。

肥後《ひご》国八代《やつしろ》付近から四国の北部に連なる山並み、出石山《いずしやま》、石鎚山《いしづちさん》、別子山《べつしやま》を経て、吉野川《よしのがわ》沿いに紀伊水道を越えて紀伊半島へ至る中央構造線がほぼ東に向かって走っていた。

この断層上は鉱物資源の宝庫であった。

若き日の空海の修行の地、石鎚山、吉野山《よしのやま》、高野山《こうやさん》はこの中央構造線上に位置していた。

なぜ空海が高野山を根本《こんぽん》道場として選んだか。

丹《たん》（水銀）の産地であったこともその理由の一つと考えられた。

中世以前、丹は貴重な輸出品であり、丹塗《にぬ》りや金銅仏の鍍金《ときん》に不可欠であった。また丹薬《たんやく》は不老長寿の薬とされて高値で売られた。

紀伊領内姥捨の郷に暮らしをいとなんできた雑賀衆もまた、丹の鉱脈を密《ひそ》かに保持し、一族が存続していくために採掘された丹は京に運ばれて換金されていた。

磐音一行が難儀しつつ越えてきた岩峰の一部が姥捨の郷の外れまで張り出し、自然が穿《うが》った洞窟《どうくつ》が口を開けていた。その洞窟の奥に採掘場があって今も採掘が行われており、洞窟の入口近くに丹の女神、丹生都比売《にうつひめ》を祀《まつ》る神社があることを弥助が見て、磐音に報告した。

「若先生、雑賀衆の暮らしを長年支えてきたのは、どうやら丹の採掘にあったようです。男衆《おとこし》が京、大坂に出稼ぎに行っておるというのは、おそらく金銅仏の鍍金に欠かせぬ丹の店《たな》を持っているのでございましょうな」

「丹薬は古《いにしえ》より不老長寿の秘薬とか」

「いかにもさようです。道教では丹を用いて仙人になることが理想でございますそうな」

磐音らは雑賀衆の秘密をかようにして察したが、それを口にすることもなく、見て見ぬふりをしていた。

姥捨の郷がいつになく賑やかだったのは、空也が生まれたからだけではなかった。

正月の間、姥捨の郷を離れて各地に出稼ぎに行っていた雑賀衆の男たちが戻ってきて、いつも平穏な郷のどの家々でも、晴れやかにも和《なご》やかな暮らしが見られたからだ。

おこんと空也がお蚕屋敷を出てくるのを待つ間に、磐音らは新玉《あらたま》の元日を御客家で迎えることになった。

新春初日の明け方、空也の誕生が磐音にもたらされた直後、磐音は三婆《さんばば》様の使いを迎えて祝意を受け、姥捨の郷の鎮守たる八葉《はちよう》神社に招かれた。

そこには長老、三婆様の他に、普段見かけぬ雑賀衆の男らがいて、磐音を迎えた。長老の紹介で磐音は、

「坂崎磐音にございます。ご一統様の留守にも拘《かかわ》らず姥捨の郷逗留《とうりゆう》を許された上、わが女房は雑賀衆のお慈悲で無事に子を産むことができました。それがし、ご一統様にどのように感佩《かんぱい》してよいか、その言葉が思い浮かびませぬ。このとおりにございます」

と平伏した。

「坂崎磐音様、面《おもて》をお上げくだされ」

と壮年の男の声が願い、磐音が顔を上げると、

「私、京に出ておりますす雑賀衆男衆頭《がしら》の雑賀草蔵《そうぞう》にございます。姥捨に戻り、三婆様方から下忍《しのび》雑賀衆の頭目、雑賀泰造《たいぞう》とその一味を坂崎様らが討ち果たされたと聞き知り、われら雑賀衆がどれほど歓喜の声を上げ、積年の恨みが一気に消え去ったか、坂崎様にはお分かりいただけますまい。感謝すべきはわれら雑賀衆にございます。ようもこの地においでくださいました。われら、ひっそりと隠れ里に生きる一族にございますが、どうかいつまでもご逗留くだされ」

と磐音に丁重な言葉を返してくれた。

雑賀衆の男衆は、恒例に従い、正月二日の夜明け前に野天道場に顔を揃《そろ》えて、雑賀衆の本分たる武術の稽古《けいこ》始めを行った。その場に磐音も辰平も利次郎も霧子も稽古着姿で参加した。

「坂崎様、江戸に四月余逗留《よつきよ》したことがございます。一年半ほど前になりましょうか。その折り、神保小路《じんぼうこうじ》の尚武館《しょうぶかん》を表より覗《のぞ》き見しまして、天下一の道場かなと、その厳しい稽古ぶりと風格に感嘆したおぼえがございます。また京にて、尚

武館の道場主佐々木玲圓《れいえん》先生とお内儀《ないぎ》様が家基《いえもと》様に従われて自裁なされたことを知りましてございます。われら、江戸の事情を存じませぬゆえ、ただお悔やみ申し上げるしか術《すべ》を知りませぬ。安永の御代、天下一と謳《うた》われた佐々木玲圓先生とお内儀様の御冥福《めいふく》を祈らせてくだされ」

雑賀草蔵が願い、磐音らはその言葉を有難く受けることにした。すると草蔵が新年の初稽古に集まった雑賀衆六十余人に、

「十一代将軍位に就かれるべき家基様の夭折《ようせつ》と、それに殉《じゅん》じられた直心影流《じきしんかげ》佐々木玲圓先生とお内儀様の御霊《みたま》に黙禱《もくとう》いたしましょうぞ」

との声で一同が瞑目《めいもく》した。

黙禱を終えた雑賀衆に磐音は、ただ頭《こうべ》を垂れて感謝した。

「われらの前に尚武館佐々木道場の後継がおられる、なんという幸運か。われらがなにを願うべきか、承知じゃな」

と男衆頭の草蔵が雑賀衆に問うた。

「おお、安永九年の初稽古の指導を願うことよ、草蔵どん」

と一人が答え、残りの男衆が呼応した。

「坂崎様、ご指導のほどお願い申します」

と草蔵が笑いかけた。

「鉄砲衆として勇猛を謳われた雑賀衆に武術指導などおこがましゅうござる。じゃが、われら流儀は違え、武術に精進する者同士、新玉の年の初稽古をともにいたしましょうぞ」

と磐音が応じて歓声が上がった。

「坂崎様、この草蔵に天下の剣の一端をご指導くだされ」

とまず草蔵が願った。

磐音は、雑賀衆を率いる頭分雑賀草蔵の願いを受け、磐音は木刀、草蔵は五尺ほどの棒で立ち合った。

その稽古を、雑賀衆と辰平らが道場を囲んで見物した。

道場の四隅の柱に掲げられた松明《たいまつ》や土間に置かれた篝火《かがりび》が、土の道場で向き合った磐音と草蔵を赤々と浮かび上がらせていた。

「ご指導願います」

草蔵は改めて言うと間合いを一間ほどにとった。

磐音は会釈《えしやく》すると木刀を正眼《せいがん》に構えた。

草蔵は、雑賀衆が忍び集団であることを思わせる無音の気合いで冷たい気を切り裂き、半身の構えから棒を繰り出して磐音の動きを探った。

だが、磐音は動じない。棒の間合いを見つつも、体も木刀も微動だにしない。

だが、その不動はなにものも威圧することなく、ただひっそりとその場にあった。

見物する雑賀衆の男たちは、姥捨の郷に流れる時に同化した磐音の構えに、

(これが天下の剣か。家基様の剣術指南役の風格か)

と草蔵がどう磐音の不動を打ち崩すか見守っていた。

棒の動きが速さを増すと同時に、草蔵自身も変幻自在に飛び回り始めた。目まぐるしいほどの棒と体の動きだったが、その場の気を乱すこともなく身を移していた。

だが、その攻めも磐音の体と気持ちを寸毫《すんごう》たりとも動かすことはできなかった。

草蔵の脳裏には、磐音を一寸でも動かすことができるならば、活路が開けるやもしれぬという直感的な考えが閃《ひらめ》いた。だが、勝負の間仕切りに近付くと、体がそれ以上踏み込むことも、棒を差し伸ばすこともできなかった。

磐音はただ静かに草蔵の動きを窺《うかが》っているにすぎなかった。そのことが分かっていても、眼に見えない壁が草蔵の体と心を縛っていた。

「草蔵どの。構えた心を解き放ち、遠慮のう参られよ」

正眼の木刀を脇構《わきがま》えへと緩《ゆる》やかに移動させた磐音は、攻撃防御一体の極ともいえる構えを自ら崩した。

磐音が言うことをただちに得心した草蔵の棒が虚空《こくう》に上がり、踏み込みざま、無防備に見えた磐音の面を打った。

そより

と風が吹いた。

磐音が風と化して、間合いの内に入ってきた。

草蔵にとって予想もしない動きであった。雑賀衆の忍び術に曰《いわ》く、

「動きを見せずして身を移せ」

と教えられていた。

ために偽りの動きやまやかしを重ねて相手の神経をそちらに集中させた上で動いた。相手は他の動きに攪乱《かくらん》されて、真の動きに目が届かなかった。

だが、磐音の動きには布石も前触れもない。ただ、そよりと風が戦《そよ》ぐように間合いの内に入ってきたのだ。

草蔵の目にはその変化が見えていた。見えていたが見てはいなかった。いつの間にか草蔵の顔を風がなぶるように吹き抜けて、振り下ろした棒に衝撃が走り、

手から飛ばされていた。

「あっ！」

と思わず草蔵が驚きの声を上げたが、両手両足が痺《しび》れて動けず、口も利《き》けなかった。

驚きが消えたとき、草蔵が、

「どうしたことか」

と呟いた。

「草蔵どの、独《ひと》り相撲《ずもう》をとられたのです。養父《ちち》玲圓の武名を思うあまり、草蔵どのの心と体ががんじがらめに縛《いまし》められていたのです」

「なんと、雑賀衆の草蔵が独り相撲じゃと」

と呆《あき》れ顔の草蔵が、

「坂崎様、どうすれば打ち合いにまで持っていけましょうか」

と尋ねたものだ。

「まずはいつものように棒術の基本の稽古をしてごらんなされ」

と磐音は草蔵に心と体の緊張を解《ほぐ》すことを命じた。そして、草蔵が気を取り直して基本動作を始めたのを確認して、

「ご一統様も新春の初稽古を始めましょうぞ」

と見物の雑賀衆に呼びかけた。

「辰平さん、願おう」

と雑賀衆の若者が辰平、利次郎、霧子相手に動きだし、姥捨の郷の一年が始まった。


一刻半《いっときはん》(三時間)の朝稽古の後、丹入川《にいりがわ》の流れを見下ろす露天風呂に浸《つ》かった磐音らと雑賀衆の間には、どことなく師弟の交わりめいた感情が流れていた。

「坂崎様、神保小路で覗いた尚武館の稽古に怖さは感じませんでした。ですが、今、ひしひしと空恐ろしさに身震いしております。京に戻る前になんとしても坂崎様を一寸でも動かさねば、雑賀の男衆頭としての面目《めんぼく》が立ちません」

と草蔵が笑いかけた。

「自らの心と体を解きほぐせば、それがしを動かすなどいと容易《たやす》いことです」

「雑賀草蔵、坂崎様を動かしえたとき、弟子にしてくだされ」

と願ったものだ。

ちらちら

と姥捨の郷に白い雪が舞い始めた。

おこんと空也は未だお蚕屋敷にいた。

二

姥捨の郷ではお宮参りを生誕七日目に行った。

おこんの両腕に抱《いだ》かれた空也に磐音と霧子が付き添い、姥捨の郷の鎮守たる八葉神社に詣《もう》でた。神官のお祓《はら》いを受けた空也の顔立ちはさらにはっきりとして、祝詞《のりと》の声にも驚くふうもない。

四人がそれぞれ身内の務めを一つ果たした気分で八葉神社の階《きざはし》を下りた。広場を家並みが囲み、いずれの家からも昼餉《ひるげ》の炊煙《すいえん》が上がっていた。

正月を姥捨で過ごした男衆の半数が三日正月を終えて郷を去り、そして残りの男衆が七日正月の朝餉《あさげ》を身内とともに食して紀伊の隠れ里を出ていく。次に故郷に戻ってくるのは一年後だ。むろん姥捨の郷に騒ぎが出来《しゅったい》したときは、近畿一円に四通八達《しつうはったつ》した雑賀衆の情報網を使って伝令が瞬《また》く間に走り、京、大坂に出ている者も二日以内に姥捨の郷に戻ってくる仕組みができあがっていた。

無人の広場にひょろりとした少年が姿を見せた、鷹次《たかじ》だ。

「坂崎様、お宮参りは無事済んだかね」

「鷹次さん、ご覧ください」

おこんが、空也の額に巫女《みこ》が塗ってくれた紅を見せた。

「おこん様、空也様はこれで姥捨の人間になったぞ」

と鷹次が言うと空也の頬をそっと撫《な》でた。すると空也もにっこりと笑みを浮かべた。

「あら、空也の機嫌のよいこと。きっと鷹次さんの言葉が分かったのですよ」

と言うおこんの言葉になおも、

「空也様、おれは雑賀の鷹次だ」

と頰を撫で続ける鷹次に、

「鷹次、なんぞわれらに用があるのではないか」

と磐音が訊いた。

「あっ、忘れておった。三婆様方がお呼びじゃぞ」

「どちらに参ればよかろうか」

「案内《あない》するよ」

鷹次が磬音らの案内役に立ち、長閑《のどか》な陽射《ひざ》しが舞い散る広場を横切った。

「そなたの家にも親父様が戻っておられたな」

「今年は三日休みの年だ。もう奈良に戻ったぞ」

「さようか。寂しかろう」

「雑賀の男衆に生まれれば外稼ぎは務めだ。致し方ない」

と応じた鷹次が、

「坂崎様、坂崎様のもとで修行がしたいとお父《とう》に願った」

「なんと申されたな」

「まず雑賀衆の男の務めを果たせ。それがこの姥捨に生まれた者の運命《さだめ》じゃ、ときつく叱られた」

「そなたに夢を抱かせてしまい、悪いことをしたな」

「いいや、お父は言うただ。雑賀衆の務めを果たしたあとならば、長老様、三婆様、男衆頭に願《ねご》うてやると」

「心優しい親父様じゃな」

「坂崎様、いつまでも姥捨にいてくれろ。さすればおれも務めを終えるでな、坂崎様のもとで辰平様や利次郎様のように武芸修行が叶《かな》う」

「まずは親父様の言い付けを守ることじゃ。武芸鍛錬も高野山の僧侶方の久修練行《くしゅれんぎょう》も生涯をとおしての修行ゆえ、あせることはない」

と磐音の視線は高野山に向けられた。

「そうする」

と応じた鷹次がお宮参りを終えた磐音らを案内したのは、普段は閉じられている、

「大屋敷」

と呼ばれる雑賀一族の館《やかた》だった。

磐音らもこの大屋敷に入るのは初めてのことだ。姥捨の郷でただ一軒、冠木門《かぶきもん》を持つ大屋敷に入ると玄関前に槇飾《まきかざ》りがあって、たくさんの履物《はきもの》が並んでいた。

「七日正月を終えた男衆が集まっておるぞ」

どうやら姥捨では三日正月や七日正月を終えた男衆がこの地を去る前、大屋敷に集まり、別れの儀式を執り行うらしい。

「坂崎様、空也様のお宮参り、お祝い申しますぞ」

男衆頭の雑賀草蔵が玄関に姿を見せて、挨拶した。この日の草蔵は古びた布衣《ほい》に烏帽子《えぼし》姿だ。

「有難うござる」

「ささっ、お上がりくだされ。長老、三婆様に、郷を去る男衆が顔を揃えておりますでな」

鷹次に代わり、草蔵自ら案内に立った。

黒光りした大黒柱が十二畳ほどの板の間を田の字のかたちに四つに区切り、板戸が取り払われた広間に膳《ぜん》が三十ほども用意され、正面に年神様《としがみ》と呼ばれる長老の雑賀聖右衛門《しょうえもん》と三婆様が鎮座して、その前にコの字形に男衆が並んでいた。

三婆様が、こちらへというように磐音を手招きした。

「おこん様、空也様をお預かりします」

霧子が空也を受け取り、磐音とおこんが年神様と三婆様の前に座すと、

「お宮参り、祝着にございます」

と挨拶を受けた。

「年神様、三婆様、ご一統様。空海様の慈悲と雑賀衆の親切心に無事お宮参りを済ますことができました。改めてお礼を申します」

と磐音が返礼した。

「霧子、やや子のお顔をわれらに見せておくれ」

梅衣のお清が命じ、空也を両腕に抱いた霧子が三婆様の前に膝行《しっこう》すると、繭玉《まゆだま》のついた枝で空也の顔の前が左右に三度ずつ祓われて、無病息災の儀が終わった。

「坂崎空也様の生地は、雑賀衆の高野山姥捨の郷にございますぞ。よろしいな」

とお清が磐音とおこんに改めて問うた。

「有難くお受けいたします。これで空也も故郷ができ申した」

と磐音が応ずると、

「めでたやな、めでたやな。七日正月、宮参り、めでたづくしでめでたやな」

と雑賀の男衆が祝詞を和してくれた。

「おこん様、空也様を囲炉裏端《いろりばた》に連れて参ります」

霧子が雑賀衆の仕来《しきた》りに則《のっと》り、言った。

「お願いします」

その場に磐音とおこんが残り、空けてあった膳の前に二人は座らされた。三婆様以外、女の姿はなかった。

「三婆様、私もこの姥捨の仕来りに従いとうございます」

「おこん様、そなたは客人じゃでな、遠慮は要《い》らぬ」

と梅衣のお清が答え、

「本日は男衆が郷を去ります。別れの宴《うたげ》と空也様の誕生を祝《いお》うて、しばし酒を酌《く》み交わします。お付き合いくだされ」

と許しを与えた。

白磁《はくじ》の杯《さかずき》に酒が注《つ》がれ、七日正月の終わりの儀式が執り行われた。短くも心の籠《こも》った別れの宴で、七草粥《ななくさがゆ》を食した男衆は一人またひとりと大広間を出ていき、最後にその場に残ったのは長老、三婆様、男衆頭の草蔵と磬音とおこんであった。

むろん姥捨の郷を守る雑賀衆は少なからず残っていた。

「ご一統様、空也の様子を見て参りとうございます」

おこんが断り、その場から去った。

おこんは、このような場を設けたにはそれなりの理由があってのことと思ったからだ。

「いつもこの時節、男衆が戻ってくる喜びと別れの哀《かな》しみが、この郷に残された者の胸を締め付けます」

とお清が呟いた。

「ほんにこの想いは歳《とし》を重ねても慣れませぬ」

と言い合い、

「嬉しゅうてやがて寂しき祭かな。この次に男衆の何人かが郷に戻るのは田植えの時節になります」

と年神様が呟いた。

「ご一統様、なんぞそれがしに用があるのではございませぬか」

磐音のほうから雑賀衆の長老方に切り出した。

「坂崎様、われら雑賀衆の男らが郷の外に出ていく理由《わけ》を承知にございましょうな」

磐音は小さく頷き、

「推量にしかすぎませぬ」

と言い添えた。

「お聞かせくだされ」

長老方に促され、磐音は推量を述べた。

「内八葉外八葉に囲まれた郷は豊饒《ほうじょう》の地にございます。ですが、雑賀衆すべての腹を満たし、雑賀衆の仕来りを守り、矜持《きょうじ》を保つほどの農作物は穫《と》れないかと存じました。また満たすほどの食べ物があったとしても、それを紀伊領の市場に出して換金するわけにもまいりますまい。雑賀衆のもう一つの使命がそれを許しておりませぬ」

「雑賀衆のもう一つの使命とは」

「一族を結束させるのは忍びとしての誇りにございましょう。男衆が外に出て金子《す》を稼ぎ、商いに勤《いそ》しむのは、この隠れ里を守り、秘密を保持せんがための資金《きん》を求めてのこと。京、大坂、時には江戸の動きを求めて行動するのもまた雑賀衆の秘密を厳しく守り抜くためにございましょう」

雑賀草蔵が頷いた。

「雑賀衆は江戸以前、紀伊半島に暮らす鉄砲衆にございました。いったん戦《いくさ》があれば、われらに高い値をつけたほうに加わり、命を張って一族が生きる術を尽くしてきたのでございます。ですが、徳川幕府が定まると、われらの出番はなくなり、ただこの姥捨の郷に隠れ潜んで、平穏な時を過ごす民と化しました。いえ、安心して一族が暮らすことができるならば、それはそれでよいとも思えます。しかし、われら雑賀衆、いつの日か姥捨の郷を出て、都にて暮らしを立てる道を探る時があらんかと常々話し合いを繰り返してきました。また何代もこの地を離れて暮らしている男衆には、なんのために左官職やら商いで稼いでいるのかという迷いや疑いも生じてきております。都の女と所帯を持ち、正月戻りに顔を見せなくなった男衆も十指を下りますまい」

時代とともに変質していく雑賀衆の思いを草蔵は訥々《とつとつ》と告げた。

磐音はただ耳を傾けていた。

「われら一族は武人なのか、忍びなのか、はたまた出稼ぎ者か。雑賀衆の心はこの何十年揺れ動き、迷うております」

「草蔵どの、それはわれら武人とておなじこと。時代と寄り添うべきか孤高の道を保つべきか、その迷いを常につきつけられて生きております。一方、江戸幕府の旗本御家人、大名諸家の家来衆の多くは、武の心を遠い過去に置き去り、役人として生きる道を選ばれました。大小を腰に差していたとしても、もはや侍ではございますまい。政争に明け暮れ、算盤《そろばん》勘定に生きる役人集団にございます。雑賀衆は未だ一族の気概と志を忘れておらぬがゆえに迷いも生じ、それでもなお姥捨の郷にこだわり、守ってこられた。それがしにとって羨《うらや》ましい生き方をしておられる」

長老や三婆様が得心したように頷いた。

「ご一統様、この姥捨の郷を捨ててはなりませぬと、小賢《こざか》しい言葉を口にすることをお許しくだされ。わが倅《せがれ》の生誕の地は、何代にもわたって守り続けてこられた桃源郷かと存じます」

三婆様が大きく首肯《しゆこう》した。

「坂崎様、ようも言うてくだされた。われらこの地に生まれてより、死ぬ時までこの地にあるゆえ、つい姥捨の郷の有難さを忘れてしまう。特に若い衆にとっては、この郷の外に桃源郷があるのではと思うのは自然の理《ことわり》にございましょうな。草蔵が言ったように、都の暮らしに夢を抱いて一族を出た者もございます」

磐音には雑賀衆の長老らの悩みは分かったが、話の筋が読めずにいた。

「時代がどう変わろうと、この姥捨の郷は雑賀衆の心に潜む故郷であろうが。ここを捨ててどこへ行こうというのか。この地を捨てた途端に雑賀衆の心はばらばらになってしまおうぞ」

聖右衛門が苛立《いらだ》ったように吐き捨てた。

「年神様、お気を鎮《しず》めてくだされ。われら、だれもこの地を捨てるとは言うておりませぬ」

「草蔵、ならばなぜ最前から回りくどい話をしておる。坂崎様も退屈しておられようぞ」

と言い放った。

「年神様、相すまぬことにございます。われら雑賀衆、大半の者がこの地を大事に思い、守るべき故郷と考えております。最前からあれこれ申したは、坂崎様を退屈させ、長老方を苛立たせるために非《あら》ず。いささか差し障《さわ》りが生じておりましてな」

「京でか」

聖右衛門に訊かれて、

「はい」

と草蔵が答えた。

磐音はこの時、年神様も三婆様も草蔵の迷いや悩みを未だ告げ知らされていないことに気付かされた。そのような場に己れがいることをどう考えればよいのか。

「坂崎様、雑賀衆がこの姥捨の郷を捨てることができず、守らねばならぬ理由がございます。そのことが、わが一族をこの地に留《とど》めてきた理由にございます」

「なんでござろうか」

磐音は漠と丹のことではないかと思ったが、こちらからそれを口にすることはしなかった。

「いえ、坂崎様方のことです、すでに姥捨の郷の秘密に気付いておられましょう」

「丹にございますか」

一同の視線が磬音に集まった。

「やはり知っておられましたか」

「姥捨の郷の鎮守の一つは丹生《にう》神社にございましたな。供の者が偶然にも丹の採掘場に気付いたのでございますよ」

草蔵が頷いた。

「年神様、三婆様、京の丹売り店に京都町奉行所から差し紙が参りました。去年の夏前のことにございました」

「なんじゃと、そなたの店に差し紙じゃと。どのようなことか」

「幕府では財政難儀に鑑《かんが》み、丹会所《たんかいしょ》を設けて幕府が丹の採掘を差配するゆえ、鉱脈の場所を京都町奉行所に速《すみ》やかに通告せよ、というものにございました」

「な、なんということを江戸幕府は言われるか。われら雑賀衆の命脈を絶つおつもりか」

と聖右衛門が悲憤した。

「年神様、江戸に人を走らせて調べさせました。このようなことは京で考えられることではございませんからな」

「それで、何か分かったのか」

とお清が問うた。

「霞《かすみ》の父っつぁんが探り出して参りました」

「おお、さすがは霞の満次《まんじ》よ」

「ただ今江戸幕府で権勢を揮《ふる》われるのは、坂崎様、どなたにございますな」

と不意に草蔵が磬音を見た。

「老中田沼意次《たぬまおきつぐ》様かと存じます」

「いかにもさようでございます」

と即座に応じた草蔵と磬音は互いに見交わした。

「なんと、田沼様が雑賀衆の丹に目を付けられましたか」

「坂崎様ゆえ申し上げます。姥捨の郷で採掘する丹の量を一年いくらまでと制限し、雑賀衆の暮らしに入り用な金子分だけを京と大坂の店で売りさばいてきました。年額にしておよそ八百両ほどです。この丹に江戸の田沼様は目を付けられた。田沼家はもとはといえば紀伊の出と聞いております。われらが抵抗して通告をなさずとも、所詮は紀伊領内の隠れ里です、この姥捨の郷の採掘場を田沼様に命じられた紀伊藩が見つけ出すのは、さほど難しいことではございますまい」

「草蔵、大事ではないか。なぜ早々にわれらに告げなかった」

「相手は田沼意次様ですぞ」

「容易に動けぬというか」

「ですが、われら雑賀衆を天は見捨てられなかった。私が重い心を抱いて姥捨に戻ってみると、なんと田沼意次様に抗して戦っておられる直心影流尚武館佐々木道場の後継一行が逗留しておられた」

雑賀衆の長老会議に磐音が残ることを許された理由だった。

「そうであったな。われらの悩みは坂崎様の敵から発せられたものじゃ」

と三婆様の一人、安楽《あんらく》のおかよが驚きの声を洩らした。

「三婆様、それは格別に異なことでもございますまい。ただ今田沼様は幕府の財政を立て直すためにあらゆる実権を自らのもとに集め、利を生む策はどのようなことでも講じておられます。しかし、京の草蔵どののお店の丹に目を付けられたにしても、紀伊領内姥捨の郷に産すると承知してのことではございますまい。とにかく金子になるものを求めた結果、たまたま草蔵どののお店を槍玉《やりだま》に挙げたのではございませぬか」

「江戸での調べでも、田沼様がそこまで承知しているとは思われませぬ。ですが、紀伊領内での丹の採掘と分かった時、姥捨の郷は紀伊藩兵を総動員しても探されましょうな」

草蔵は話し終わったのか、ふうっと大きな息を一つ吐いた。

「草蔵どの、それがしで役に立つことがござろうか。どのようなことであれ、それがしの微力を雑賀衆のために捧げ申す」

「これほど心強いお味方があろうか」

と草蔵が答えると、

「明日、高野山奥之院に詣でます。坂崎様、それがしに同道してはいただけませぬか」

と草蔵が願い、磐音は理由を訊くこともなく、

「畏《かしこ》まりました」

と受けた。

三

鉄砲集団として紀伊一円にその武名を轟《とどろ》かせた雑賀衆姥捨の郷を守りぬいてきたのは歴代の長老であり、三婆様であった。

一方、十六歳を超えた働き盛りの男衆は京、大坂を中心に奈良、そして和歌山城下に店を構え、あるいはその店に奉公し、給金の一部を姥捨の郷に送って一族の運営費の一部としてきた。

近畿一円の各所に散った男衆を把握し、主導するのは男衆頭の雑賀草蔵だ。一《いっ》旦《たん》ことが起こったとき、三百数十人の男衆を束ねて戦闘集団を形成し、戦いの先陣に立つのも男衆頭だ。

十数年前、姥捨の郷を危難が襲った。

雑賀衆を名乗る下忍集団の雑賀泰造一味が姥捨の郷に入り込んだ。このときも、男衆は郷を離れて出稼ぎに出ていた。ためにあっさりと下忍集団に姥捨の郷に入り込まれたのだ。

この出来事を体験した雑賀衆は、危急の際の体制を改めた、と雑賀草蔵は道々後ろから従う磐音に説明した。

「さて、雑賀衆と高野山の関《かか》わりにございますが、元々雑賀衆の多くは本願寺を盟主として仰いできた一族にございます。一方、政《まつりごと》とは一定の距離を保ち、戦への参加などという暮らしを左右する重大事は合議制で決められてきました。一人の戦国大名に加担したとしたら、われらがこうして細々とながらも姥捨の郷に生きておることなど叶わなかったでしょう。織田信長様も明智光秀様も栄枯盛衰を経て、身罷《みまか》られました。一人の人間の生には限りがございます」

磐音は首肯した。

「われらのような傭兵《ようへい》にして志を一つにする集団は、紀ノ川沿いに高野、粉河《こかわ》、根来《ねごろ》、熊野《くまの》、さらに雑賀と五つの惣《そう》を構えてまいりました」

この未明に姥捨の郷を出立《しゅったつ》した草蔵と磐音は、高野山奥之院を目指してひたすら山道を登っていた。時に足下に何百尺もの深い谷が口を開け、そこから寒気を伴った烈風が吹き上げて、二人の体を狭い山道から引き剝《は》がそうとした。

姥捨の郷と高野山奥之院をわずか二刻（四時間）あまりで結ぶ山道だが、山歩きに慣れた雑賀衆も怯《おび》えるほど険阻《けんそ》な道でもあった。

この高野山奥之院への隠れ道、姥捨の郷への空の道二ノ口でもあった。

磐音は神経を集中させて草蔵の背に従いながらも、ただひたすら聞き役に徹していた。

草蔵が雑賀衆のことを語る以上、意味があってのことだと思ったからだ。そしして、高野山奥之院詣でとこの草蔵の説明はなんらかの関わりがあることだと推測していた。

「われら雑賀衆は紀ノ川河口に一族がそれぞれの荘園を持って暮らし、紀州惣国と呼ばれる独自の国を保持してきたのでございます。土豪の出であったわれらの先祖は鉄砲と出会《でお》うて、勇猛果敢な軍事組織に変わっていったと伝えられております。最前も申しましたが、先祖は紀伊で広まっていた浄土真宗の門徒にございました。しかし本願寺から参戦を求められても惣国内の話し合いで諾否《だくひ》を決めるという、独立の精神を受け継いでいたそうな。ところがでございます、雑賀衆を衰退させるきっかけとなる出来事が、元亀《げんき》元年（一五七〇）から始まった石山本願寺合戦と呼ばれるものです。

われらが先祖の雑賀衆は数千挺《ちょう》の鉄砲を駆使して本願寺派の主力として参戦し、役目を果たしましたが、信長様の巨大な軍事力に屈服して、惣国内も分裂して衰退しました。さらに天正《てんしょう》五年（一五七七）には雑賀衆の最後の勢力が降伏し、武装集団としての命運は尽きた。それでもなんとか命脈を保っていた雑賀衆と根来衆ですが、天正十三年（一五八五）、秀吉様の軍勢十万に攻められて壊滅します。雑賀の最後の砦《とりで》の太田《おおた》城が落ちたあと、なんとかわが一族は生き延びた。その数、十数戸と言われておりますが、この先祖、高野山の傘下に入ることで命脈を保つことになったのです」

雑賀衆姥捨一族の歴史を語り終えた草蔵に磬音は問うた。

「惣国内の雑賀衆で高野山傘下に入ったのは、姥捨の一族のみでござるか」

「いかにもさようです。根来衆は根来寺《ねごろじ》に、粉河衆は粉河寺《こかわでら》に拠《よ》り所《どころ》を求めて生きておられます」

草蔵が首肯して答えた。

しばし二人は沈黙したまま山道を登っていった。

「坂崎様、雑賀衆姥捨一族が二百年余、生き延びてきた背景には、高野山の庇護《ひご》と丹の採掘と販売が大きく関わっております」

提灯《ちょうちん》も携帯せずに険しい山道を行く草蔵が丹の話に転じたとき、東の山並みの一角に微光が走り、夜明けが間近いことを告げた。

「草蔵どの、雑賀衆を守ってきた丹が幕府の方針で取り上げられることと、このたびの高野山奥之院詣では関わりがあるのでござるな」

磬音は草蔵の背後から初めて質《ただ》した。

「ございます」

と草蔵の答えは明瞭だった。

「わが姥捨の郷に丹の鉱脈が走るように、高野《こうや》十谷《じったに》の谷筋のある場所にも丹の鉱脈がございまして、密かに採掘が続けられております」

と高野山の秘密を明かした。

「坂崎様、採掘は修行僧らによって行われますが、丹の販売は代々雑賀衆が務めて参りました」

姥捨の郷の雑賀衆と高野山は、共通の利害のもとに密なる交わりを持ち、高野山中にそれぞれが生きてきたのだ。

「丹の商いは草蔵どのの京の店を通じてですか」

「われらは京と大坂に丹の店を構えておりますが、これら二店を私が差配し、さらに姥捨の郷におられる年神様、三婆様が半年に一度帳簿を調べて監督指導なされます。こたびの江戸幕府の丹会所設立は、雑賀衆のみならず高野山にも少なからず影響を与えます」

「そのことを相談なさるために、高野山に詣でられるのでござるな」

「いかにもさようです」

草蔵が足を止めたのは内八葉外八葉を望む岩場だった。

磐音の視界に、重畳《ちょうじょう》たる山並みと紀ノ川が蛇のようにうねる流れと白みゆく紀伊水道の灰色の海が広がった。

鷹次に案内されて磐音は一度高野山に登っていた。だが、その折りの山道は草蔵が案内する道とは別のものだった。草蔵のそれは、裏高野《うらこうや》に密かに設けられた姥捨の郷と高野山奥之院を結ぶ最短の連絡道だったのだ。

「坂崎様、さすがは佐々木道場の後継にございますな。われら雑賀衆の男衆でもこの隠れ道は息が上がり、闇夜《やみよ》の岩場では恐怖に襲われるものです。それを坂崎様はなんなくこなしておられる」

「江戸を離れて流浪の旅を続けて参りました。夜旅をなしたことも多く、知らず知らずのうちに闇に目が慣れていたのでござろう」

と答えた磐音に草蔵が竹筒を差し出した。

「頂戴《ちょうだい》します」

栓を抜いて口を付けることなく水を飲もうとした。するとそれは水ではなく、姥捨の郷で摘まれた薬草を煎《せん》じた茶ということが分かった。からからに乾いた体内に薬草茶がしみ込んで、新たな力を授けてくれた。

「初めて知った茶の風味にございます」

「わが母が煎じた茶にございましてな、千年茶と呼んでおります。これを飲めば千年長生きできるそうです」

と草蔵が笑った。

「草蔵どの、下忍集団の雑賀泰造一味は、丹の採掘を知っておりましたか」

「あやつらが入り込んできたとき、何人かの女衆《おんなし》が採掘場に走り、入口を草や枝で塞《ふさ》いで秘密を守りきりました。もしも秘密が泰造一味に洩れていたら、姥捨の郷はすでにこの世になかったでしょう」

「ならば安心です。それがしが尋ねたのは、雑賀泰造の口から田沼様へと、高野山と姥捨の郷の丹の採掘が伝えられたのではないかと思うたからです」

磐音の指摘に草蔵がしばし沈思した。

「そのことを迂闊《うかつ》にも考えませんでした」

「雑賀泰造一味が田沼一派に雇われたのは、安永五年（一七七六）の日光社参《にっこうしゃさん》の一年ほど前からです。すでに五年近くの歳月が流れております。仮に丹の採掘を知った雑賀泰造が生き残り、田沼様の信を得たとしたならば、そのことも考えられた。ですが日光社参が泰造一味の初陣、田沼様の寵《ちょう》を得る前にわれらが泰造一味を討ち果たしております。田沼様に姥捨の郷の秘密を告げる機会が泰造にあったとは思えませぬ」

「で、ございましょうか」

草蔵の口調には未だ安堵《あんど》しきれぬといった思いが窺えた。

「下忍一味が田沼様に取り立ててもらうためには、日光社参の最中に家基様のお命を奪う要があった。しかしかれらは信を得る前に自らの命を落としたのです。まして泰造一味が丹の採掘の事実を知らなかったとなれば、その懸念はございますまい」

と答えながら、家基の命を守りきれなかった悔いを改めて思い出していた。

「泰造一味の所業は別にして、坂崎様とわれら雑賀一族、何年も前から見えない糸で結ばれていたのですね」

と応じた草蔵が、

「こたびの丹会所の開設話は、別口と考えてようございましょう」

と、磐音が持ち出した疑いを改めて否定した。

「さて、そろそろ出かけましょうか。あと半刻《はんとき》（一時間）で一之橋に着きますでな」

と磐音に言った草蔵がさらに険しくなった山道を登り始めた。

草蔵に導かれた磐音が再び高野山奥之院の一之橋に到着したのは六つ半（午前七時）の刻限だった。二人が姥捨の郷を出立したのは八つ半（午前三時）のことだ。暗闇《くらやみ》の山道を二刻余りで高野山奥之院入口まで登ったことになる。

雑賀衆ならではの荒業だった。

磐音がそのことを告げると草蔵が、

「坂崎様、高野山の四度加行《しどけぎよう》に挑まれる修行僧ならば、裏高野から奥之院まで闇夜を一刻余りで駆け上り駆け下ることなど朝飯前のことにございますよ」

と笑った。

「四度加行とはどのような修行にございますか」

「真言《しんごん》密教でもっとも重きをなす修行が四度加行にございましてな、これを無事勤め上げた者のみが密教の僧の資格を得て、さらに行を重ねて即身成仏《そくしんじようぶつ》にいたるのです。それだけに険しく厳しいものです」

草蔵が磐音に告げて、説明を続けた。

「まず高野山に入った修行僧は、仏教や密教についての教学を学びますが、さらに得度《とくど》、受戒《じゆかい》を経た修験者《しゆげんじや》にのみ許される修練にございます。ここまでに数年、あるいは十数年の歳月を要することもございます。さらにこの後にようやく四度加行の始まりです。十八道行法《じゆうはちどうぎようほう》、金剛界行法《こんごうかい》、胎蔵界行法《たいぞうかい》、護摩《ごま》行法の四つの行を極めねばなりません。この修行の間は、一切の魚肉葱類《そうるい》を断ち、食事は一汁一菜《いちじゆういつさい》、他人と話すこともなく孤独の時に耐えねばなりません。この四度加行の修行に比べれば、われら雑賀衆の修行など知れたものです」

と雑賀衆の戦闘集団を実質的に引っ張る雑賀草蔵が言った。

二人は一之橋を渡ると、

「墓原」

と呼ばれる広大な墓所に足を踏み入れた。

磐音はすでに膨大な墓石群の多くが五輪塔《ごりんとう》であることを承知していた。

密教では万物の五元素を地、水、火、風、空と考える。この五つを方形、円形、三角形、半月形、宝珠《ほうしゆ》形で表し、密教思想の象徴とした。

そんな墓石群の間を靄《もや》が流れて、鬱蒼《うつそう》たる杉木立を伝って空へと静かに立ち昇っていった。

二人は墓原の靄に身を清められるように歩いて、奥之院庫裏《くり》に到着した。

ちょうど朝餉が終わった刻限で、僧侶たちが広い台所で膳を片付けていた。何十人もの僧侶が一堂に会しているにも拘《かかわ》らず、静かなる時が流れていた。

草蔵と磐音は、修行僧の整然とした片付けが終わるのを土間の隅で待った。

ふわっ
とした時が流れて、広い板の間から修行僧らの姿が掻《か》き消えた。すると白眉《はくび》の老僧が板の間の端にちょこなんと控えているのが分かった。

「おや、草蔵さん、戻っておられたか」

と老僧が草蔵に話しかけた。

「清水平四郎《しみずへいしろう》様、奥之院副教導の室町光然《むろまちこうねん》様にございます」

草蔵が磐音を老僧に紹介した。

出家し仏門に入った僧は、俗名を捨て法名を授かり、俗世間との関わりを絶つ。だが、奥之院副教導は俗名をなぜか残していた。

過日、磐音は奥之院で剣客平賀唯助義勝《ひらがただすけよしかつ》の待ち伏せをうけて刃《やいば》を交え、平賀を屠《ほふ》っていた。その折り、庫裏に報告して聖地を穢《けが》した所業を詫《わ》び、始末の仕方を相談した。するとその場にいた壮年の僧侶が下人を呼んで、始末を命じたのだ。

磐音はその折りも偽名の清水平四郎を名乗り、二両を懐紙に包んで供養料として残していた。

「どこぞで聞いた名じゃが」

と光然が首を傾《かし》げた。

「昨年のことにございます。それがし、この奥之院にて剣客平賀唯助どのに勝負を挑まれ、尋常なる立ち合いの後、それがしが生き残りましてございます」

「おお、思い出しました。旅の武芸者が庫裏に届けをなして始末を願《ねご》うたそうな。お手前にございましたか」

「その節は奥之院を血で汚し、迷惑をおかけいたしました。またあの折りはいさ   さか理由《わけ》がございまして清水平四郎なる偽名を名乗りました。それがし、坂崎磐音と申します」

と磐音は詫び、改めて名乗った。

高野山奥之院でこれ以上偽名を通すのは磐音の心に反した。

草蔵が驚きの顔で磐音を見返り、その顔に現れた覚悟を知ると、光然老師に説明した。

「光然老師は、高野山に何十年と暮らされて江戸のことなどご存じございますまいが、坂崎磐音様は、家治《いえはる》様嫡子、今は亡き家基様の剣術指南を務められたお方にございます」

「おお、それで思い出した。名乗り直された今も、どこぞで耳にした名じゃがと考えたのだ。歳はとりたくないものじゃな。草蔵さんや、まさか高野山に佐々木道場の後継が姿を見せるとはな、紀伊藩に知れたら大騒ぎになりましょうな」

光然老師が平然と答えたものだ。

「老師、高野山の奥之院まで佐々木道場の名が知られておりますか」

「たしかに拙僧は高野の奥之院暮らし五十有余年の古狸《ふるだぬき》じゃが、下界の話は意外に伝わってくるものでな。佐々木道場が田沼意次様の意向で取り潰《つぶ》されたことも承知しておる。草蔵さん、まさかこの御仁を高野山で匿《かくま》えと談判に来られたのではあるまいな」

と本気とも冗談ともつかぬ顔で光然が草蔵に問うたものだ。

「いえ、そうではございませぬ。いささか内々の話がございまして、奥之院まで上がって参りました」

「この刻限ならば台所がいちばん静かかもしれぬ。もっとも、俗世の話に耳を傾ける坊主など一人たりともおらぬゆえ、草蔵さん、坂崎様、履物を脱いでこちらにおいでなされ」

と招じた。

磐音と草蔵は草鞋《わらじ》の紐《ひも》を解き、腰から大刀を抜いて小さ刀だけを腰にして光然の前に進んだ。

広い台所で手あぶりの火鉢だけが火の気だった。だが、最前まで竈《かまど》を使っていたせいか、さほど寒さは感じなかった。

光然が二人の訪問者に白湯《さゆ》を供してくれた。

磐音は合掌すると供された白湯に感謝し、湯を喫《きっ》した。その挙動を見ていた光然が草蔵に視線を移した。

「光然様、京の店に京都町奉行所を通じて、江戸幕府からの通達がございました。丹の採掘と販売は幕府が新設する勘定方丹会所に移すとのことにございました」

「ほうほう」

と驚きとも相槌《あいづち》ともつかぬ声を洩らした光然が、

「高野十谷の採掘場が知られたと言われるか」

「いえ、江戸幕府は丹を扱うお店から攻めてこられたようでございまして、採掘場までは承知しておられますまい」

草蔵がこれまで磐音と話し合ってきた結論を告げ、さらに、

「どうやら丹会所を設ける話は、老中田沼意次様のお考えから発したと思えるの

でございます」

　と言い添えた。

「田沼意次様のう。いささか有頂天《うちょうてん》になって腰が浮いているように思えるがな。どうかな、坂崎様」

　いきなり磐音に光然が問いかけた。

「われら武に生きてきた人間にございます」

「政略にて人心を弄《もてあそ》ぶ幕閣の人間とは無縁でありたいと言われるか。ならばそなたの養父にして師の佐々木玲圓様が自裁なされたことを、どのように考えればよいか。それとも事実は異なると言われるか」

　光然は高野山にいて江戸の事情まで把握しているように思えた。光然が俗名を残している理由か。

　磐音はただ無言を貫いた。

「われら高野山とて政《まつりごと》とは一定の間を置いてきた。じゃが、丹をわれらから取り上げるとなると、黙ってもおられまい」

　と草蔵に視線を戻した。

「草蔵さん、いつ京に戻りますな」

「お山のお考えを知った上でと思うております」

「草蔵さんには、丹の入手先は知らぬ存ぜぬで通していただきたい」

と光然がまず厳命した。

「光然様、その覚悟でございますが、幕府の肚《はら》の固め方次第では、一旦お店を閉じることもありえましょうな」

「となると、高野山は丹の収入が大幅に減ることになる」

「光然様、そこでございます。なんとかお知恵を拝借願えませぬか」

「和歌山で掛け合うことになるかのう」

と呟きながら両眼を閉じて考えに落ちた。

当代の将軍家治の父は九代家重《いえしげ》であり、祖父は八代吉宗《よしむね》であり紀伊藩主だ。さらに吉宗の父もまた紀伊藩主の光貞《みつさだ》である。

江戸幕府はこの三代、紀伊和歌山藩の血筋に継承されてきた。ただ今の老中上座田沼意次の威勢もこの紀伊閥を背景にしてのことだ。将軍の代弁者としての側《そば》用人《ようにん》、そして政治の表舞台の老中を手に入れた幕閣第一の権力者だった。

光然は、ただ今の江戸幕府の出である紀伊藩の力を借りて丹会所の設立を止める手立てがあるかなしか思案しているふうだったが、不意に両眼を見開き、

「草蔵さん、そなた、田沼様が目の敵にしておる佐々木道場の後継坂崎磐音様をなぜ同道されたな」

と突然矛先《ほこさき》を転じ、さらに追及した。

「田沼意次様に江戸を追われた御仁がなにゆえ、雑賀衆のもとに匿われているかは知らぬ。じゃが、この高野山に尻拭《しりぬぐ》いを持ち込まれてもいささか迷惑な話じゃぞ。高野山がいくら自主性を重んじられてきたとはいえ、和歌山藩領内にあることは確か。できることなら波風は立てたくないでな」

光然は、雑賀衆が磐音を持て余し、高野山に匿うことを考えたと勘違いしたか。

「いえ、そのようなつもりはございませぬ」

「ならば、なにゆえ同道なされたな」

「この草蔵、姥捨に戻り、坂崎磐音様の剣と人柄に触れました。光然様、これほどの剣術家は、当世三百諸国を探してもそうそう見当たりますまい。なんとのう、こたび私どもに降りかかった丹会所の設立話も坂崎様のお力を借り受けることがありそうで、草蔵の一存でお連れ申しました」

「そなた、雑賀衆と佐々木道場の後継、さらには高野山の三者で反田沼同盟でも結ぶ心づもりか」

「光然様がお考えの和歌山藩だけを頼りにしてよいものでしょうか。田沼意次様の権勢、今や紀伊藩すら超えて力を発揮しておいでではありませぬか」

「いかにもそれは確かなことじゃが、坂崎様がどのようにお役に立つか」

と磐音の意向など無視した会話にも磐音は沈黙を続けていた。

姥捨の郷暮らしは当分続きそうだった。雑賀衆に恩義がある以上、求めがあれば微力を尽くす、その覚悟の磐音だった。まして丹会所の相手が田沼意次となると、手伝うことになんのためらいもなかった。

家基の毒殺、養父養母《ちちはは》の自死、すべて田沼意次の考えと、その関わりの中で繰り返された出来事だった。

隠れ里の雑賀衆と高野山が昔からひっそりと採掘してきた丹を取り上げるという丹会所の設立が田沼意次の考えから発しているとしたら、磐音の気持ちははっきりとしていた。

「坂崎様、そなた、われらに力を貸してくれる所存かな」

「もとよりその覚悟にございます」

「と言われても、愚僧には剣術家を使う方策など考えもよらぬ」

と何度目かの思案に落ちた光然は、

「しばしこの場で待ってくだされ。法印《ほういん》様と相談をして参る。丹はわれら高野に生きる者にとっても欠かせぬ財源でな。それをいくら紀伊の出とは申せ、成り上がりの老中風情《ふぜい》に好き勝手させてよいものか」

と初めて本音を吐いた光然老師が台所から姿を消した。光然は高野山の外交、政《まつりごと》を今も一身に担うゆえ俗名を残していたのだ。

四

高野山奥之院で最初になすべきは弘法大師の御廟《ごびょう》にお参りすることだ。磐音は鷹次とともに参詣した御廟にこたびは独り立った。

杉木立を背景に高野山の最深部に御廟が望めた。

磐音は遠く御廟を眺めた後、参詣の信徒の邪魔にならぬ場を選んで結跏《けっか》趺坐《ふざ》を行い、瞑目した。

空海は死んだのではない。瞑想《めいそう》する禅定《ぜんじょう》、「入定《にゅうじょう》」として知られていた。千年の行を続ける空海と向かい合うように、磐音は独り瞑想の世界に籠った。

光然はなかなか庫裏に戻ってこなかった。昼の刻限近くに光然の使いの僧が姿を見せて、草蔵に何事か告げた。首肯した草蔵が、

「坂崎様、奥に呼ばれました。話し合いは長くなる模様にございます。退屈でしょうが、お待ち願えますか」

と願った。

「草蔵どの、それがしのことはご放念くださり、存分に話し合《お》うてくだされ」

と答えた。

田沼意次はまさか紀伊領内に丹を採掘する場があるなど、思い至らなかったのかもしれないが、老中の意向は無視できなかった。

こたびの丹会所の設立は、雑賀衆のみならず高野山が多大な損害を被《こうむ》ると予測されることだった。

雑賀衆も高野山も、和歌山領内はむろんのこと近畿一円からさらに江戸まで独自の情報網を持っていると推測された。これらの情報網を駆使して、丹会所の設立が阻止できるかどうかの話し合いだった。そう容易に済むとも思えなかった。

何日もかかることを磬音は覚悟した。

草蔵が使いの僧とともに奥に行きかけ、

「坂崎様、この際にございます。奥之院をとくと参拝、見物なさるのもよい経験かと存じますが、いかに」

と奥之院散策を勧めたのだ。

磬音の瞑想は高野山奥之院に流れる時に身をゆだねるように半刻、一刻と続いた。磬音が結跏趺坐するかたわらを弘法大師御廟にお参りする人々が通り過ぎていったが、磬音は無の境地にいた。

どれほどの時が流れたか、磬音は奥之院に吹く風の音に瞑想を解いた。

ふと、亡くなったお婆様が幼い磬音に読み聞かせ、語り聞かせた言《こと》の葉《は》が浮かんだ。

「高野山は帝城《ていせい》を避《さっ》て二《じ》百里《はくり》、京里をはなれて無人声《むにんじやう》、青嵐《せいらん》梢をならして、夕日《せきじつ》の影しづかなり。八葉の嶺、八《やっ》の谷、まことに心もすみぬべし。花の色は林霧《りんむ》のそこにほころび、鈴《れい》のをとは尾上《をのへ》の雲にひびけり。瓦《かはら》に松おひ、墻《かき》に苔《こけ》むして、星霜《せいざう》久しくおぼえたり」

幼き頃の思い出だ。

むろん『平家物語　高野巻』の一節の意味を理解したわけではなかった。だが、過ぎ去った時のかなたからお婆様の記憶とともに、口移しに覚えさせられた軍記物語の一節が蘇《よみがえ》ったのだ。そして、両眼を見開いた磬音は、『高野巻』の言葉の意味をようよう理解した。

そう、『平家物語』が編まれた鎌倉時代にもすでに高野山は、

「現世の浄土」

と考えられていたのだ。

磬音は心が洗われた気分で立ち上がった。

すでに新春の日が傾き、奥之院を影が覆《おお》い尽くそうとしていた。御廟参拝の人が絶えたわけではなかった。高野山の宿坊に泊まる信徒の中には、この刻限にお参りする人々もいた。

磬音は弘法大師御廟前から一之橋に向かってゆっくりと下った。

改めて墓原を見ていくと、歴史に名を刻む武将やその正室の名が数多く確かめられた。

高野山への納髪納骨の始まりは、万寿《まんじゅ》三年（一〇二六）、藤原道長《ふじわらのみちなが》の娘、彰子《しょうし》

が納髪をしたのが嚆矢《こうし》とされる。

磐音は七百数十年の眠りについた亡者の原を歩いていた。この地には、在世の時には敵対し、血を流し合った者同士も葬られていた。

高野山は現世の恩讐や憎悪の感情を超えてこの世に在《あ》る、

「浄土」

であった。

奥之院からおよそ半里、苔むした墓の間を行きつ戻りつ往時の人々を偲《しの》びながら一之橋に出たとき、夕暮れが迫っていた。

磐音は一軒の茶店を見つけた。

姥捨の郷を未明に出立して、道中に握り飯と干し柿を食したばかりで、奥之院の庫裏で白湯を供された。あれからだいぶ刻が過ぎて喉《のど》が渇きを覚えていた。

茶店に足を踏み入れようとして、杉木立の陰に人影があるのを見た。何者かを監視するような気配があったが、磐音を見ても気配を変えた様子はなかった。磐音ではなくだれか別の人物を見張っているらしいと推量した。

「許されよ」

「奥之院にお参りでございましたか。ささっ、奥へお通りくださ い」

と老爺《ろうや》が三和土《たたき》廊下の奥へと磐音を誘った。

薄暗い廊下を抜けると、

ぱあっ

と眼前が広がった。

朝まだき、岩場から見た紀伊の山と川と海が夕日を浴びて望遠された。黄金《こがね》色に染まった光景は朝の景色とは異なり、

「現世の楽土《らくど》」

を具現していた。

「これはなんとも」

「お客人、高野山は眼の保養が数々ございますが、うちの景色にまさるものはございませんよ」

と老爺が磐音に胸を張った。

「いかにもさよう。かような景色に出会うたことがない」

「で、ございましょう。冬から春先の夕暮れは、高野山が極楽《ごくらく》浄土であることを格別に教えてくれますでな」

と客がいなくなったせいか、老爺の自慢はいつまでも続いた。

「いささか喉が渇いた、茶を所望したい」

と磐音が願うとようやく自慢話をやめた老爺が台所に下がった。

磐音は暮れゆく景色を楽しまんと、開け放たれた戸口に寄った。すると衝立《ついたて》の陰の縁台《えんだい》に初老の武家が座して、ぽつねんと景色を眺めていた。

「親父の自慢話を聞かされましたな」

「自慢に値する景色にございます」

磐音の答えに頷いた武家が、

「貴殿を御廟前でお見かけした」

「迂闊にも気付きませんでした」

「それは無理もござらぬ。貴殿は座禅を組まれておりましたからな。高野山御廟前で結跏趺坐をなさるお方も珍しい」

と武家が笑った。

「恥ずかしながら高野山の教えを知りませぬ。入定なされた空海様に拝する礼儀も存じませぬ。ゆえにあのような形で空海様に対面いたしました」

「貴殿の無作法を咎《とが》めたわけではござらぬ。空海様が金剛峯寺《こんごうぶじ》を創建なされた頃の山は修禅の道場であったそうな。空海様が入定なされた後、弘法大師への帰依《きえ》、信仰へと変わっていった。それがしもまた仏法をとくと承知したものではないが、貴殿の作法が間違《まちご》うておるなどさらさら考えてもおりませぬよ。それどころか、年季の入った座禅に接して清々《すがすが》しい想いを感じたところでござった」

と応じた武家が、

「袖《そで》振り合うも他生《たしょう》の縁と申しますでな。どうです、こちらに腰を下ろされぬか」

と縁台のかたわらの座布団を差した。

「邪魔をしてようございますか」

「年寄りには時間ばかりがござってな」

と笑った。

磐音は備前包平《びぜんかねひら》を抜くと、

「それがし、相州《そうしゅう》小田原藩大久保家陪臣《ばいしん》清水平四郎と申します」

と名乗って腰を下ろした。

高野山境内《けいだい》とはいえ紀伊領内だ。磐音は用心して偽名の清水平四郎を名乗っていた。

最前の老爺が茶とかき餅《もち》を茶請《う》けに運んできて、磐音は盆の上に茶代を載せ、

相手に会釈すると茶を喫した。それを見ていた武家が、

「それがし、新宮《しんぐう》藩水野《みずの》家の禄《ろく》を代々食《は》んできた榊原兵衛左ヱ門《さかきばらひょうえざえもん》、家督《かとく》は倅に譲っての楽隠居の身にござる」

と磐音に応じた。

新宮藩は御三家和歌山藩新宮領として立藩されていた。だが、水野家は三万五千石を領有しながらも江戸定府《じょうふ》の和歌山藩付家老《つけがろう》の地位に置かれていた。独立した藩として遇されたのはずっと後年の慶応《けいおう》四年（一八六八）のことで、朝廷の許しによってであった。

本藩和歌山徳川家の付家老にして新宮藩の藩主として新宮に居城を構えているのである。当然和歌山藩との結びつきは強いと考えるべきだった。

「清水どの、そなたが御廟で座禅を組まれたは、格別な理由があってのことかな」

「いえ、深いわけはございませぬ。それがし、先ごろ子を生しました。無事に生まれた子には空海様の一字を無断で拝借して空也と名付けました。遅まきながら、そのお許しと子の無事成長を願うてのことにございます」

「清水空也、よい名じゃな」

と榊原がにっこりと笑った。

二人は暮れゆく残照を楽しみながら茶を喫し、四方山《よもやま》話をして時を過ごした。

「ご隠居様、そろそろ山を下りねば、参道でとっぷりと日が暮れますぞ」

と榊原の供の中間《ちゆうげん》が二人のところに顔を覗かせた。

「榊原様は里に下りられるのでございますか」

と磐音はいささか驚いた。

一之橋から大門《だいもん》外の里までは半里ほどあった。

「ついこの景色に見惚《みと》れてな、思わぬ時を過ごした」

榊原が茶代を縁台に残して立ち上がった。

「榊原様、いささか名残《なご》り惜しゅうございます。それがし、里までお見送りしてはなりませぬか」

「貴殿は奥之院に御用がある身ではないのか」

「いかにもさようです。ですが、どうやらそれがしの御用は明日に持ち越しにございましょう。ゆえに榊原様を見送った後、参道をゆるりと戻ってくれば済むことにございます」

「高野山中を上り下りさせては申し訳ない。じゃが、話し相手がおるとおらぬとではえらい違いかな。付き合うてくださるか」

と榊原が願い、磐音は主従二人を大門まで送っていくことにした。

茶屋を出たときから提灯の灯《あか》りを入れて、中間が二人を先導した。

「榊原様、和歌山藩と新宮との関わりは本藩支藩と考えてようございますか」

「うむ、なぜさようなことを訊かれるな」

榊原の声音《こわね》に警戒が混じった。

「いえ、高野山詣での道中、名古屋城下に逗留いたしました折り、尾張《おわり》様には名古屋藩の付家老にして犬山城の藩主の成瀬《なるせ》様がおられると聞かされましたゆえ、お尋ねしたまでにございます」

「いかにも新宮は和歌山を本藩と仰いでおる。じゃが、水野一門の大半が諸侯に列している中、和歌山藩付家老ではのう。新宮の中にはそのことを不満に思われる家臣もおり申す」

と榊原が呟いた。だが、それ以上のことを口にすることはなかった。

磐音は最前茶店に入るとき見た人影の気配がないことに気付いていた。

（いささか考えすぎであったか）

見張りは磐音を見てもなんの変化も見せなかった。

茶店には榊原しか客は残っていなかった。となると榊原に用事がある連中と磐音は考えたのだが、どうやらそれは思い違いであったようだ。

参道の左右は高野山中の寺の門が延々と連なっていた。もはや前後に人影はなく、一之橋から大門の中ほど、青巌寺《せいがんじ》の門前に差しかかっていた。

「清水どの、小田原にはいつ帰られるな」

「高野山詣でをなした今、御用が済み次第戻ることになろうと存じます」

「国のお内儀どのに宜《よろ》しゅうな」

と磐音を一人旅と勘違いした榊原が応じて、

「おう、そうじゃ。道中に余裕があるならば、新宮城下のわが屋敷を訪ねてこられぬか。年寄りに付き合うてもろうた礼に熊野灘《くまのなだ》の美味《おい》しい魚を馳走《ちそう》するでな」

「もしそのような機会がございましたら」

と磐音が答えたとき、行く手に四人の人影が見えた。

参道の下り正面に根本大塔《こんぽんだいとう》の影を望むあたりだ。

「榊原様、そなた様に待ち伏せされる謂《いわ》れがございますか」

中間の足が止まり、提灯の灯りが揺れた。

「なんと言われたな」

「いえ、行く手に待つ人がおられる様子。それがしが茶店に入るとき、茶店を見張る者がおりました。おそらくあの四人のうちのひとりにございましょう」

榊原が提灯の前に出て、行く手を見ていたが、

「貴殿がわざわざ送ると言われたのは、このことがあったからか」

と得心し、視線を四人に向け直すと、

「五郎次《ごろうじ》、そなたら、未だ馬鹿げたことを考えておるか」

と見知った相手を窘《たしな》めた。四人が無言で歩み寄り、

「御城代《じょうだい》、お命頂戴いたす」

五郎次と呼びかけられた男が宣告した。

「愚か者が。もはやそれがしは城代でもなければ、そなたらの妄想に付き合う謂れもないわ。それがなぜ分からぬか」

「ただ今の御城代など、そなた様の傀儡《かいらい》にござる」

「そなたら、さほどに物事が見えぬか」

「問答無用」

と応じた五郎次が抜刀すると、残りの仲間も刀を抜き連れた。

「隠居の身じゃが、人並みに命は惜しいでな、そなたらの言いなりにはならぬ」

と榊原が刀の柄《つか》に手をかけた。

「ご隠居様」

と中間が悲鳴を上げた。刺客《しかく》の腕前を知った悲鳴だった。

磐音がすいっと榊原の前に出た。

「榊原様、この場、それがしにお任せ願えませぬか」

「そなたとは最前知り合うたばかり」

「袖振り合うも他生の縁と申されたのは榊原様でしたな」

榊原の腕前で四人の刺客に太刀《たち》打《う》ちできるとは思えなかった。

「邪魔をいたすでない。われら、決死の覚悟じゃ。刃向かうとなればおぬしを血祭りに上げ、御城代を誅《ちゅう》す。新作《しんさく》、吉之助《きちのすけ》、伊平《いへい》、こやつめはそれがしが仕留める。御城代の命を頂戴せえ」

と命じた五郎次が、磐音に切っ先を向けた。

「お相手いたす」

磐音は包平を抜くと峰《みね》に返して正眼に置いた。

四人の動きが止まった。

磐音が構えた包平から静かな威圧が醸《かも》し出されて動きを封じたのだ。

「なにくそ」
と吐き捨てた五郎次が己の気持ちを奮い立たせる気合いを発すると、
「とりゃ！」
と叫びながら踏み込んできた。
ふわり
と高野山参道の夜に春風が戦いだ気配があった。
五郎次の上段からの斬《き》り込みに、
そより
と峰に返した包平の刃で合わせた磐音が、横手に流しておいて肩口を叩《たた》いた。
するとくたくたと五郎次がその場に崩れ落ちた。
「やりおったぞ」
榊原を後に回し、三人が眦《まなじり》を決して磐音に迫ってきた。
包平を再び正眼に戻すと、切っ先を揃えた三人の攻撃に対して、三つの剣先を、
ぱっぱっぱっ
と弾《はじ》いて流すと、突進してきた三人の肩口、胴、腰を次々に叩き、その場に転がした。

一瞬の勝負だった。

磐音が静かに包平を鞘《さや》に戻すと、

「榊原様、お待たせ申しました」

と呼びかけた。

「そなたは」

榊原が絶句した。

「五郎次どのらは気を失《うしの》うただけにございます。高野山の夜風が正気に立ち戻らせてくれましょう。ささっ、大門までお送り申します。中間どの、先にお進みくだされ」

と磐音が願い、三人は歩みを再開した。

「新宮城下大手門口で榊原兵衛左ヱ門と訊けば教えてくれよう。ぜひお立ち寄りあれ」

と榊原が磐音を屋敷に誘う声が参道に響いた。

第二章　煙管と梅

一

磐音は夜明け前の高野山修行道を走っていた。袴《はかま》の裾《すそ》を後ろ帯にからげ、草鞋《わらじ》がけで、神経を集中して森羅万象《しんらばんしょう》の動きを見落とさぬように両眼をかっと見開き、ひたすら前進していた。

古《いにしえ》より高野山に向かう幾筋かの道が整備されてきた。それぞれの街道の高野山金剛峯寺への入口は、

「高野《こうや》七口《ななくち》」

と呼ばれてきた。ちなみに大門口、不《ふ》動坂《どうざか》口、黒河《くろこ》口、大峰《おおみね》口、大滝《おおたき》口、相《あい》ノ浦《うら》口、そして龍神《りゅうじん》口の七口だ。中でも紀ノ川を渡り、慈《じ》尊院《そんいん》を経て山上奥之院に

向かう道程には、一山全体の総門である朱塗りの大門が待ち受けていた。

この大門に通じる道には一丁（一町）ごとに卒塔婆《そとば》の道標《みちしるべ》が立てられ、「町石道《ちょういしみち》」

と格別に呼ばれた。

闇を裂いて町石道を磐音は走っていた。

この道、弘法大師が参詣の人々のために木製の卒塔婆を道標に立てたのが始まりとされる。

磐音が目印とする町石は文永《ぶんえい》二年（一二六五）から二十一年の歳月をかけて設置された石造五輪塔だ。

高野山麓の慈尊院は空海による高野山開創のための政所《まんどころ》（寺務所）で、ここから始まる町石道は山上の壇上伽藍《だんじょうがらん》まで百八十丁（およそ二十キロ）、真言密教が説く胎蔵界の百八十尊を表していた。さらに基点たる壇上伽藍から奥之院までの三十六丁に立てられた町石三十六本と、三十七本目にあたる弘法大師御廟は金剛界三十七尊を意味した。

磐音はこの日、奥之院を未明八つ半（午前三時）に出立して、青巌寺、壇上伽藍、大門へと駆け下り、杉、檜《ひのき》が鬱蒼と茂った山道を突き進んだ。その距離二里九丁、高低差にして千数十尺を駆け下った。

　磐音は榊原兵衛左ヱ門と別れて奥之院の庫裏に戻ったが、草蔵の姿は未だ台所になかった。だが、修行僧が、

「坂崎様にございますね」

　と確かめると宿坊に案内した。

「御坊、今宵《こよい》はこちらに厄介《やっかい》になりそうですね」

「この刻限にございますから」

　と答えた修行僧が、

「ただ今ご膳を持参します」

　と言い足した。

　磐音は奥之院逗留が長くなりそうな予感を持った。草蔵が奥へ入ったまま姿を現さぬことが、そのことを如実に示していた。

「御坊、明日未明、山を走り回りとうございますが、修行の邪魔にはなりませぬか」

　磐音の問いにしばし考えた修行僧は、

「この高野には大師が開かれた修行道がいくつもございます。われら修行僧が早足で駆け下り、駆け上る町石道もその一つにございます。一丁（一町）ごとに町石の五輪塔が道標にございますので、その道を使われてはいかがですか」

「御坊らの修行の邪魔にはなりませぬか」

　磐音が重ねて問うた。

「雲水《うんすい》にすれ違《ちご》うたなら相手を避《よ》け、合掌をなされて先に進んでくだされ」

と言った。そして、膳を運んできた修行僧の手には、

「高野町石道修行道」

と名付けられた絵図面があった。古びた絵地図は、修行僧らが初めて町石道に挑むときに参考とするものらしい。

「坂崎様、頭に刻んでください。修行は己を克服することにございます、絵地図を頼りにしてはなりません」

と言うと貸し与えてくれた。

　磐音は夕餉《ゆうげ》のあと、道標の町石の在《あ》り処《か》を頭の中に刻み込み、町石道を走り出したのだ。奥之院から大門までは榊原を送ったばかりの道で間違えようもない。

一気に駆け下った磐音にとって、大門から矢立《やたて》までの平坦な道が初めて走る道

だった。

六十番目の町石が立つ矢立に到着したとき、夜が明け始めていた。

そのとき、修行僧の一団が霧の中から姿を見せた。

磐音は路傍に寄り、その場で合掌して一団とすれ違った。

網代笠《あじろがさ》の雲水たちは磐音が下ってきた町石道を反対に、大門、壇上伽藍、奥之院へと向かって再び霧の中に姿を没していった。

磐音は修行僧が辿《たど》ってきた道を走り出した。

二つ鳥居を経て、百三十六番目の町石が待つ六本杉、さらに丹生《にう》官省符《かんしょうぶ》神社を過ぎて、百八十番目の起点の町石のある慈尊院に到着したとき、昼前の刻限であった。

磐音は矢立からおよそ三里半（十三・六キロ）を一刻半余りで踏破したことになる。

高野山開創の拠点となった慈尊院の本堂前で、

「高野山」

にあることを感謝して合掌した。

清々しい気持ちで境内に立つ百八十番の町石を眺めた。起点石だけに堂々とし

た摩尼宝珠《まにほうしゅ》だった。磬音はここでも、

「南無大師遍照金剛」

と称えた。そして、本堂に安置されてあった弥勒仏《みろくぶつ》坐像の神々しさにうたれて、ずっとその前で立ち竦《すく》んでいた。

磬音が弥勒仏坐像と対面していたのは四半刻《しはんとき》（三十分）ほどだ。脳裏にその姿を刻むと慈尊院を出た。その門前に、

「茶がゆうどん」

の古びた幟《のぼり》を見た磬音は、

「ご免くだされ」

と訪《おとな》いを告げた。

新春の鏡餅《かがみもち》が飾られた土間には囲炉裏の火が燃えていた。娘が姿を見せて、額に汗をかいた磬音を驚きの顔で見た。

「奥之院より町石道を走り下って参ったで、かように汗をかいてしもうた。驚かせたならば許せ」

「お侍さん、裏に小川が流れています」

と娘が顔を洗うように言った。

「そういたそう。その後、なんぞ食させてもらえぬか」

「うちの名物は茶がゆにございます」

「茶がゆか、それはよい。所望したい」

と願った磐音が茶店の外から裏手に回ると、杉木立の前を清らかな小川が流れて水場が設けられていた。

磐音は両手で掬《すく》う水の冷たさの中に春の到来を告げる温もりを感じた。顔や首筋を洗って持参の手拭《てぬぐ》いで拭《ふ》くとなんとも心地よかった。

茶店の囲炉裏端に戻ると娘が茶と梅干しを供してくれて言った。

「茶がゆは四半刻ほどかかります」

「格別急ぐ身でもない。夕暮れまでに高野山奥之院に戻ればよいことじゃ」

「お帰りも走られますか」

「高野三山の山道を戻ってみようと思うが、どれほどかかろうか」

「険しくも上り下りが繰り返される山道にございます。修行のお坊様方でも半日はかかります」

と答えた娘が曇り始めた空を見て、

「それに夕暮れには雪がちらつきます」

と言った。

「雪が本降りになる前にお山に戻りたいゆえ、往路の町石道を急ぎ戻ろうか」

「それがようございます」

高野三山と呼ばれる摩尼《まに》山《さん》、楊柳山《ようりゅうさん》、転軸山《てんじくさん》ともに標高三千尺余とさほど高くはなかったが、これから挑めば深夜になる。いや、道に迷うこともあろう。高野三山跋渉《ばっしょう》は別の機会に挑戦しようと考えを変えた。

磐音は名物という茶がゆを山牛蒡《やまごぼう》や人参の古漬けで食し、茶店をあとにした。

娘の予想より早く雪が降りそうな気配で、空を厚く雲が覆っていた。また気温も急激に下がったようだった。

磐音は日がある内にと町石道を駆けだした。


大門へと駆け上り、壇上伽藍を過ぎると一之橋が見えてきた。するとちらちらと雪が舞い始めた。

茶店の娘の忠告が正しかったと足をゆるめたとき、草蔵が一之橋の方角から姿を見せた。笠にうっすらと雪が積もっていた。一日ぶりの草蔵との再会だった。

「おや、お出かけでしたか」

と磐音が問うた。

「里まで下り、姥捨の郷に使いを立てたところです」

と答えた草蔵が、

「坂崎様、明日、粉河寺まで同道してもらえませぬか」

といきなり願った。

「丹の一件が進展いたしましたか」

「和歌山藩との話し合いが行われます。高野山から光然老師が粉河まで出向かれ、藩のお使いと会談なされます」

「草蔵どのも参られますな」

「同道いたします。このままでは京の店にも帰れませんでな」

幕府の丹会所設立の件は高野山にも大きな衝撃を与えたようだ。草蔵の疲れた顔がそれを如実に表していた。

「藩のお使いとの話し合いがうまくいけばよいのですが」

「和歌山城中にも田沼様を支持する一派と、ご家門をないがしろにすると怒っておられる反田沼派の対立があるようでございましてな、光然老師が城下に入らない理由にございます」

「ということは、粉河寺には反田沼派が参られるということにございますか」

「付家老水野様の代理がおいでになるそうな」

「和歌山藩の付家老とは新宮藩の藩主ですね」

「坂崎様、ご存じにございますか」

「いえ」

と磐音は首を振った。

だが、磐音は内心、榊原兵衛左ヱ門が新宮藩の城代の地位にあった人物であり、高野山の境内で刺客に襲われた一件が、丹会所の設立と関わりがあるかどうか、考えていた。

ふと、榊原は高野山奥之院に御用があって上がっていたのではないかと思った。それが五郎次ら刺客を招いたのではないか。だが、このことを草蔵に告げることはなかった。

「姥捨の郷に使いを立てる前に坂崎様にご相談をと思うたのですが、町石道の見物に出られたとの書き置きを見て、三婆様に宛てて数日郷に帰れぬ旨の使いを立てました。おこん様にもこのことはすぐに伝えられましょう。ご心配でしょうが、われらにしばらくお付き合いくだされ」

「草蔵どの、郷を出たときから不測の事態は考えております。おこんには弥助どの方が付いておられるゆえ、なんの心配もございません」

と磐音は答えて、しばし考えた上で、

「草蔵どの、粉河に行く前にそれがし、なんぞ伺っておくことがござろうか」

と問うていた。

「少し歩きましょうか」

草蔵の提案で夕暮れの参道を御廟へと二人は肩を並べて歩いた。

杉木立の頂きからちらちらと雪が舞い、磐音らの体に落ちてきた。だが、二人ともに寒さは感じなかった。

「坂崎様、丹の一件、田沼意次様の発案とすると、和歌山家中の内外の政《まつりごと》の話にどうしても絡《から》んで参ります。坂崎様は武に生きる剣術家、政の話など聞きたくないのではございませぬか」

「いかにもさようです。されど安永のご時世、剣術家とて政の動きに無関心では生きていけぬこともございます。何なりとお聞かせくだされ」

「坂崎様のお養父上《ちちうえ》は家基様に殉じられたのでございましたな」

と草蔵が江戸の話を改めて持ち出した。

「佐々木家は江戸城近くにあって、幕府とは付かず離れずの間柄を貫き通そうと考えた家系です。それでも家基様が十一代様に就かれることが、徳川家にとりもっとも人の道に叶うことであり、幕府にとって最適な道と考えられ、養父なりに支えてきました。だが、結果はご存じのとおりです、剣術家の理《ことわり》や真《まこと》だけではどうにもならぬことを思い知らされたのです」

「坂崎様、家基様を暗殺したのは田沼意次様と考えておられますか」

と草蔵が踏み込んできた。

「家基様が俄《にわ》かの腹痛を訴えられたのはお鷹《たか》狩《が》りの帰路にございました。いえ、寒い日のこと、体を冷やしたのがしぶり腹の原因と思われ、そこで品川宿の東海《とうかい》寺《じ》に立ち寄られたのです」

と磐音は幾度思い起こしたか知れない、あの悲劇のことを草蔵に話していた。

「異変が起きたのは、医師の池原雲伯《いけはらうんぱく》どのがしぶり腹の治療のための薬を家基様に与えられた直後、家基様は壮絶な唸《うな》り声を発せられて昏倒《こんとう》し、塗炭《とたん》の苦しみの末に、三日後身罷られました」

「毒を盛られましたか」

「池原医師は田沼様に近いお医師じゃそうな。西の丸のお医師団は池原どのが斑《はん》猫《みょう》を盛られたと推量なされましたが、すべては事が起こった後での推測にすぎませぬ」

「坂崎様は、田沼様の下知《げち》のもとでの毒殺と考えられますか」

磐音はしばし沈思した。

なぜ草蔵がかようなことを尋ねるのか、意味があるはずだと考えていた。丹会所設立と関わりを持つものかどうか、それが磐音には理解がつかなかった。

「坂崎様」

と草蔵が催促した。

「草蔵どの、養父養母が自裁したのは家基様が身罷られた夜にございました。養父は軽率な考えで動かれる人ではなかった」

「田沼様の意志で毒殺が行われたと確信なされたから死を選ばれた」

「と思うております。また家基様が身罷られる前から、家基様の十一代目に夢を託してこられた人々に田沼様の命《めい》と思われる弾圧が始まりました」

「尚武館佐々木道場の取り潰しもその一環とお考えですね」

首肯した磐音は、

「それがしとおこんが江戸を逃れたのは、江戸に居続ければ新たな悲劇が繰り返されると思うたからです」

「ですが、江戸を離れた後も田沼一派の手は坂崎様方の身辺に伸びてきた。そういうことですね」

「霧子がいなければわれら未だ田沼一派の刺客を次々にうけて、安心して空也を産むことさえ叶わなかったと思うております。われらがどれほど姥捨の郷と雑賀衆に感謝しておるか」

「それもこれも田沼様の幕府専断政治の害にございますな」

「権力の魔力を一度でも知った人間は、なかなかその味が忘れられぬとみえる」

「坂崎様、ようもお考えを話してくださいました」

と草蔵が言い、

「和歌山家中でも家基様の死は驚きであったのです。吉宗様、家重様、家治様、そして家基様と四代にわたり、紀伊系の将軍が確約されていた矢先に、家基様が急死なされた。この事実とともに家基様の死の真相があれこれと和歌山城下にも伝わってきました。田沼様に近い江戸開明派《かいめいは》と呼ばれる面々は、心の中で快哉《かいさい》を叫んだといわれております。されど和歌山藩の重臣方は、吉宗様の一家臣が老中に成り上がって幕閣を掌握し、和歌山家中の願いを無視して家基様暗殺に奔《はし》った田沼様を唯々諾々《いいだくだく》と認めるわけにはいかないと不審、疑念を抱かれておられるのです」

和歌山城中でも家基の死がもたらした悲劇を巡って対立が起こっていることを磐音は知らされた。

「坂崎様、家基様に死をもたらした人物が紀伊藩の出の田沼意次様ということに対して、家中のある家系が結束なされました。和歌山門閥《もんばつ》派と呼ばれる一団です。これらの方々は、家治様が嫡男家基様の死の直後、十一代選び『御養君《おんやしないぎみ》御用掛』の命を田沼意次様に与えられたことに不審を持たれております。血にまみれた田沼に家基様に代わる十一代目選びなどさせてはならぬと考える門閥派は、このたびの丹会所設立にさらなる不審を募《つの》らせておられるそうな」

草蔵がもたらした丹会所設立の件を和歌山藩はすでに承知していた。

「粉河寺で光然老師が面会なされるのが門閥派の方々ですね」

「いかにもさようです。ですが、最前申しましたように、和歌山城中にも江戸開明派と呼ばれる田沼派の面々が根を張っております。ゆえに城下での会談を避《さ》けて粉河寺での会談になったのです」

しばし磐音は沈思して尋ねた。

「門閥派に、和歌山藩付家老水野様、あるいは先の御城代榊原兵衛左ヱ門様が加わっておられますか」

草蔵が驚きの顔で磬音を見た。

「最前、坂崎様は、和歌山藩付家老にして新宮藩主の水野様を知らぬと言われましたが」

「いささか曰くがございます。昨夕のことです」

と前置きして、一之橋の茶店で新宮藩の前《さき》の御城代榊原兵衛左ヱ門に会った経緯《いきさつ》を語った。

「なんと榊原様が昨日、奥之院におられましたか」

草蔵が考え込んだ。そして、

「粉河寺においでになる使いがどなたか私は知りませぬ。ですが、榊原様であってもなんの不思議もありません。いや、ただ今の榊原様のお立場ならば打ってつけの人物にございましょう」

と草蔵が言い切った。

二

未明の高野山奥之院から、五人の人影が一之橋へとひたひたと下っていった。提灯を照らしての山下りだ。

大門前に一挺の乗り物が待ち受けていた。

高野山奥之院の副教導光然老師がその乗り物に乗り、世話方の若い修行僧が二人、さらに雑賀草蔵と坂崎磐音を従えた一行は、わずかに白み始めた高野街道、昨日磐音が走った町石道を慈尊院へと向かった。紀ノ川と並行する大和街道と高野街道が交差する橋本《はしもと》を目指すことになる。だが、その前に雨引山《あまびきやま》が待ち受けていた。

塗笠に草鞋がけの磐音と背に風呂敷包みを負った草蔵は、光然の乗り物のあとに肩を並べて雨引山を上っていった。

峠に差しかかった頃から尾行者の気配があった。

草蔵は雑賀衆の男衆頭《おとこしがしら》だ。

どのような場合も隠れと呼ぶ忍びを従えていても不思議はない。だが、なんとなく磐音には雑賀衆ではないと思えた。風に乗って伝わる気配に敵意と緊張があった。

「清水平四郎様の腕前を知ってか知らずか、襲ってこようとはしませぬな」

と草蔵が笑った。

粉河への旅の間、磐音は清水平四郎の偽名で通すことに、光然と草蔵の話し合いで決まっていた。磐音とて不用意に江戸尚武館佐々木道場の後継の身分を紀伊領内で知られたくはなかった。

「雑賀衆ではござらぬか」

「雑賀衆でも粉河衆でもございますまい。和歌山からの者かとみました」

と草蔵が言った。つまりは田沼派の面々か。

「まあ、この者たちが動くようなら姥捨の郷の連中が止めましょう。私どもは光然様をしっかりと守り切るのがこたびの務め」

草蔵の言葉に磐音は頷いた。

尾行の数が増え、間合いが詰まったとき、磐音らの一行は雨引山に差しかかっていた。

その瞬間、尾行者が一気に間合いを詰めてきたが、磐音らの歩みは変わらなかった。草蔵の言葉どおりに、尾行の一群を見張る雑賀衆がさらに迅速に動いたとみえて、磬音らの数丁後ろで沈黙のままに戦いが行われ、すぐに終わった様子があった。

だが、草蔵はなにも言葉を洩らすことなく、磬音も訊くことはなかった。だが、奥之院副教導の室町光然老師が高野山と俗界を結ぶ外交家であり、和歌山本藩や新宮藩の相談役、あるいは後見役を務めていることを悟った。だからこそ江戸開明派の面々は光然老師が動くことを恐れたのではないか。

一行は雨引山の山腹で休息をとることもなく下りに入った。

寒さの中に春の陽気が混じっていた。

下り坂の途中から紀ノ川の流れが見えてきた。

紀ノ川は大和奈良の大台ケ原を水源とする流れで、大和では吉野川と称し、紀《き》伊に入って紀ノ川と名を変えた。その全長三十四里、奈良からの物を運ぶ川は紀淡《たん》海峡に流れていく。

筏《いかだ》に組まれた吉野材がいくつも流れに乗って下っていくのが見えた。

一行が紀ノ川の船着場に到着したのは八つ半（午後三時）の刻限だった。

朝餉も昼餉も抜いた旅だった。それだけこの道中に危険が考えられたということだ。乗り物の光然老師に供の修行僧があれこれと気を遣ったが、光然が乗り物を止める様子はなかった。

高野街道と大和街道が交わり、紀ノ川の舟運でも栄えた橋本は、高野山の大門から六里と十八丁、奥之院から出立したことを考えればなかなかの道程を歩き通したことになる。

乗り物に乗った光然は何事か思案しているのか、この日、一言も発しない。また草蔵も話しかけることはなかった。

一行は渡し船で紀ノ川を渡った。

橋本宿は紀ノ川の流れをはさんで南北に分かれ、交通の要衝《ようしょう》の役目を果たしていた。この宿の誕生は古く、荘園制度の発展とともに長承《ちょうしょう》二年（一一三三）に建設された相賀荘《おうがのしょう》が橋本宿の前身といわれた。この相賀荘は高野山に建立《こんりゅう》された密厳院《みつごんいん》領の荘園で、元弘《げんこう》三年（一三三三）になって荘園南部は高野山領に帰属された。さらに安土・桃山時代には秀吉軍の紀州侵攻によりその支配下に入ることになった。

秀吉軍は高野山攻めを命じたが、高野山の僧侶木食応其《もくじきおうご》の口利きで真言宗総本山は焼き打ちを免れていた。

この応其、川幅百三十間の紀ノ川に木橋を架《か》けるなど南北に分かれた宿場の発展を願ったが、洪水でしばしば橋は流され、そのたびに架け替えられた。

磐音一行が紀ノ川を越えたとき、橋は大雨で流され、一行は渡し船で流れを渡った。

紀ノ川をはさんで北宿と南宿に分かれている橋本宿へは、わざわざ渡しで北に渡ることなく、南宿から川沿いに粉河に下る脇街道もあった。だが、光然が脇街道を選ばず、北宿へと船で渡ったには、それなりの理由があると思えた。

この橋本宿が高野山詣での信仰の拠点として、交通の要衝として、さらには物流の町として栄えたには理由があった。

応其は秀吉の信頼を得て、紀ノ川北岸に町屋を開発する許しを得て、この町屋建造の資金を捻出《ねんしゅつ》するために塩の独占販売の特権を願い、許された。

以来、大和国や紀ノ川一帯に販売される塩は、必ず橋本宿の塩市で取引されるようになり、橋本には塩商人が集まって金銭が落ち、繁栄のきっかけになったといわれる。当然磐音一行が旅してきた高野街道は金剛峯寺への参詣道として信徒衆が往来し、大和街道は和歌山と明日香《あすか》を結ぶ道として物流が盛んになり、いやが上にも橋本は発展した。

光然老師は、その夜の宿として橋本宿内の利生護国寺《りしようごこくじ》に乗り物を入れた。

この寺、隅田《すだ》一族の菩提寺《ぼだいじ》とか、行基《ぎようき》の創建と伝えられている。建築から千年を超えた寺に入った光然師は、磬音に向かって、

「何事ものうてようございました。清水さんにはいささか手持ち無沙汰《ぶさた》やったかもしれませんな」

と笑いかけて、

「世の中、総じて何も起こらんのがいちばんやがな」

と含みのある言葉を残すと、利生護国寺の住職と会うために奥へと消えた。

「坂崎様、いやこれは失礼をばいたしました、清水様でしたな、気の張るお務めにございましたな」

と草蔵が磬音を労《ねぎら》った。

「草蔵どの、それがし、光然老師のお供で高野街道を見物させてもろうただけにございます。気の張ることなどなに一つしておらぬゆえ、却《かえ》ってそれが疲れました。橋本の宿場をぶらりと見物してきてようございますか」

「橋本は古《いにしえ》より栄えた宿。諸国からの往来の人々を見るだけでもおもしろうございましょう」

と草蔵が送り出してくれた。

たった今、潜《くぐ》った利生護国寺の山門の前で塗笠を目深《まぶか》にかぶり直し、笠の目庇《まびさし》で両眼を隠した。

大和街道と高野街道が交差し、紀ノ川を上り下りする船で和歌山藩の家中の人間と会う機会もあろう。用心に越したことはない。

磐音はまず明日進む大和街道を次の宿場の名手《なて》方面へと足を向けた。

塩市で栄えた宿場だけに、

「鹽《しお》」

と掲げられた看板の塩問屋が軒を連ねていた。そして、その前では馬子《まご》が馬の背に塩を入れたと思える袋を振り分けに積んでいた。日が傾いた街道をぽこぽこと船着場へと運んでいく様子だ。馬子ののんびりとした顔付きから、渡し船で南岸に渡るのではなく、荷船にでも積み込むための作業と思えた。

新たな渡し船が着いたか、船着場から高野山詣での信徒たちがぞろぞろと下りてきて、馴染《なじ》みの講中宿に迎え入れられていた。

大和街道は別名伊勢街道とも呼ばれるように、お伊勢参りの信徒たちの姿も見られた。

磐音はぶらりぶらりと宿場を歩くうちに宿外れに出た。折りから七つ（午後四時）の刻限の鐘が宿場に響きわたり、今宵の宿として橋本を目指してきた旅人が三々五々姿を見せた。

「明日にも真土《まつち》峠を越えれば紀州様のご領地とお別れや。大和に戻ります。なにやらこれで旅も終わりやと思うと、ほっとするやら寂しいやらですな」

「仏壇屋の旦《だん》さん、なんやら和歌山城下はいかめしゅうおしたな。わいら、他国もんと思うてか、えらいあつかいや。あれ、いつものことだっしゃろか」

「さあてな。紀州は御三家様や、ただ今の公方《くぼう》様も紀州様の血筋やろ。そんで和歌山の家中も威張ってはるんと違うかいな」

「そうやろか。ならば、旦さん、京の天皇さんかてもちっと胸張ってもよかろうにな」

「天皇はんも京の公卿《くぎよう》衆もあかんあかん。ない袖は振れん話や。貧乏公卿はすかんぴんやがな。すべては銭の世の中や」

「紀州には成り上がりの田沼はんがついてるよってにな、景気がいいんやろな」

「成り上がりやなんて、口にしたらあかんで」

「あかんか」

「未だ紀州領内ちゅうこと忘れんことや。役人の耳にでも入ってみなはれ、やっさんの首が飛びまっせ」

「旦さん、首が飛ばされたらかなわんがな。屋根職人がはしご段上がるにも、首がのうてはよう見えへんがな。ごっつう具合が悪いで」

和歌山城下から大和街道をやってきた旅人が宿場に入り、ほっとした様子で言い合う声が磐音の耳に聞こえた。

どうやら和歌山城下には緊張する何事かが起こっているらしかった。

磐音は宿外れで向きを変え、今来た道を戻り始めた。するとたった今着いた旅人と勘違いした女衆《おんなし》が磐音を宿に引き込もうとした。

「すでに宿は決まっておる」

「どこの旅籠《はたご》より、うちの待遇は違います」

「宿は旅籠ではない、利生護国寺でな」

「なんや、お寺さんかいな。そりゃ、太刀打ちできまへんな」

と女衆が磐音の袖を引くのをやめた。

磐音は橋本宿を抜ける大和街道から逸《そ》れて紀ノ川沿いに出た。すると折りから西に傾いた日が流れを橙色《だいだい》に染めようとしていた。

南北の船着場に臨む岸辺に三本松が聳《そび》え、その下に一軒の茶店があった。

「いささか喉が渇いた。茶を所望できまいか」

「お侍さん、好きなところに腰を下ろしてくだされ」

手に釣竿《つりざお》を持った老人が笑った。紀ノ川で釣りでもする気であったか。

「釣りの邪魔をしたのではないか」

「暇に飽かしての川遊びにございますよ」

と答えた老人が竿を縁台に投げ出すと奥に姿を消した。すると老人に代わって、

「ごめんよ」

と一人の男が茶店に立つと磐音に会釈をした。弥助だ。

「お侍、冷えてきたね」

「未だ春は名のみ、夕暮れには冷えるな」

と当たり障りのない会話を交わす磐音の背後の縁台に弥助が腰を下ろした様子で、

「おこん様も空也様もお元気にございます」

と背中越しに小声で言った。

「弥助どの、いつ姥捨の郷を出られたな」

「草蔵さんからの最初の使いが姥捨に戻ってきて、若先生の高野山逗留が長引きそうだという知らせがおこん様に伝えられましたので。そのあと、おこん様と話し合い、わっしが若先生の御用の手伝いをすることにいたしました」

「奥之院出立から密かに同道なされておられたか」

「へえ」

といつもの口調に戻った弥助が、

「なにしろ姥捨の衆も密かに草蔵さんの動きを見守っておりますしね。雨引山じゃ、和歌山藩の家中と思える面々が光然様ご一行と雑賀衆の間に割り込みましてね、白昼ああも堂々と乗り物を襲おうなんて、大胆というか駆け引きを知らねえというか、呆れてものも言えませんや」

「雑賀衆との戦いに弥助どのは高みの見物にござったか」

「わっしが加わったんじゃあ、雑賀衆に叱られます。家中の面々、光然老師の命を狙《ねろ》うているようにも窺えました。しかし、その理由までは摑《つか》めておりません」

「弥助どの、和歌山藩にも江戸開明派と本家の門閥派があり、どうやら和歌山藩付家老の水野家を含めて、内紛が生じておる様子なのです」

磐音は、新宮藩の前の城代榊原兵衛左ヱ門に会った経緯を語り聞かせた。

「ほう、新宮藩の前の城代様が奥之院に出向いておられましたか。当然、参拝というわけではございますまい。それにしても田沼め、自らの首を絞めかねねえ紀州領内の丹に手を付けましたか。やはり江戸生まれの江戸育ちにございますね。まさか丹が領内の高野山やら姥捨の郷で採掘されているなど、考えも及びますまい」

「まず奥之院の副教導光然老師が粉河寺に出向く背景には、この丹の他になにか別の理由があるような気がしてならぬ。榊原様の奥之院詣ではその話し合いではないかと思われる」

「和歌山藩の内紛に新宮藩もからんでおりますか」

「本藩と支藩じゃが、新宮藩、田辺《たなべ》藩の藩主は本藩の付家老でもある。当然、本藩の内紛は支藩に及んでおろうな」

「人が三人集まればなんとのう二派に分かれると言いますが、全くにございますな。家の中が和やかであったためしはございませんや」

「ために弥助どのの仕事が絶えぬのではないか」

「ふっふっふ」

と笑った弥助が、

「わっしの御用もこたびの一件で名籍《みょうせき》も消されたことにございましょう」

磐音が後ろを振り向いた。

「それがしと知り合うたことで、弥助どのの生き方を変えることになってしもうたか。相すまぬことであった」

「若先生、そいつは言いっこなしだ。わっしが選んだ道にございますよ。なにより田沼意次なんて成り上がりがのさばる江戸を離れただけでも、清々していますあ」

と弥助が言葉どおりにさばさばと答えた。

「二本差しの身分を捨てたことに悔いはござらぬか」

「わっしらの仕事は二本差しも裃《かみしも》も関わりがねえ家柄でしてね、薩摩《さつま》に潜り込もうとして死んだ爺様もいれば、十五、六年前、陸奥《むつ》のさる藩に入り込んで行方《ゆくかた》知れずという同輩もおりますんで。わっしは坂崎様を通して佐々木玲圓先生とも速《はや》水左近《みさこん》様とも知り合いになりました。あの頃から、わっしが望んだ御用はこれだと思って、やってきたことにございますよ。若先生とおこん様の旅に同道を許されたことがどれほど嬉しかったか、言葉には言い表せませんや」

磐音は返す言葉がなかった。

「いつ果てるとも知れぬ旅じゃぞ」

「いつでしたか、申しましたな。唐《から》だろうが天竺《てんじく》だろうがご一緒しますとね。まったくの本心にございますよ」

「それがし、弥助どの方の期待に応《こた》えられる人間であろうか」

「若先生、わっしはね、こたびの旅も大きく考えれば御用と考えております。若先生に天が授けられた臥薪嘗胆《がしんしょうたん》の時節、さらに一段と大きくなって江戸に戻られるとなれば、当てのない流浪もまた修行の一環にして御用にございましょう。わっしらの目の前で起こる出来事を一つひとつ解きほぐしていく、これもまた徳川様の、いやさ、世間をよくする務めと考えることにしておりますので」

「弥助どののほど、それがし、肚が定まっておらぬな」

と苦笑いした磐音に弥助が、

「わっしが姥捨の郷を出るとき、辰平さんも利次郎さんも黙って見送ってくれました。あの二人も若先生が育てられた若者にございます。江戸を離れた歳月は短《みじこ》うございますが、なんともしっかりとした考えの若者に育ちました。かわいい子には旅をさせろと申しますが、嘘《うそ》ではございませんね。行く末、二人がどんな道を選ばれるか知りませんが、江戸でぼーっと育った若様なんぞと比べるのも愚かだが、あの二人は己の道は己で切り開いていかれますよ」

「楽しみじゃな」

へえ、と応えた弥助が、

「行き先は粉河寺にございましたね。わっしは一足先に参ります」

「頼もう」

と磐音が答えたときには弥助は夕闇《ゆうやみ》に溶け込むように消えていた。

「火が落ちていやしてね、茶を沸かすのに手間取りました。おや、お連れがいたような気がしたがのう」

と老人が盆に茶と茶請けの串だんごを載せてきた。

「旅の方がおられたが、先を急ぐとかで発《た》たれた」

「そうでしたか」

老人が盆を磐音のかたわらに置くと、磐音は茶代に小粒を渡した。

「今日は銭ばかり釣りに渡して、あったかのう。宿まで行って替えてこよう」

と呟く老人に、

「夕暮れの紀ノ川の景色を楽しませてもろうた。茶代には安いほどじゃ」

「この景色が銭になるとはのう。毎朝毎夕と見ているとなんともない景色じゃがな、旅の人にはおもしろいかね」

両岸の葦原《あしはら》が暗く沈み、紀ノ川の流れが茜《あかね》色に染まっている。時が止まったようで、磐音は無言裡《り》に茶碗《ちゃわん》を取り上げた。

「お侍さん、好きなだけ景色を楽しんでくだされ。明日には街道ものんびりとは歩けめえ」

「なんぞあるのか」

「地役人が、明日は街道の往来が厳しくなると言うたそうな。理由なんぞ、茶店の爺には分かりゃせんよ」

と言い残して老人は磐音のかたわらから去っていった。

三

奈良盆地の明日香の里を起点にして、吉野川、紀ノ川沿いに西に向かう街道があった。

大和と和歌山をむすぶ全長十八里二十四丁の大和街道である。

明日香を出た街道は、高取《たかとり》城下を通過すると芦原《あしはら》峠にさしかかり、吉野川北側の大淀《おおよど》宿にいたる。さらに吉野材などを流す紀ノ川の水運の拠点の一つ、五條《ごじょう》を抜けて大和と紀州の国境真土峠を越えることになる。ここで吉野川は紀ノ川と呼び名を変え、室町光然一行が逗留した利生護国寺のある橋本宿へと至るのである。

この日、明け六つ（午前六時）立ちで一行は利生護国寺を出立した。目指す宿場は四里半ほど先の名手宿だ。光然一行が目指す粉河宿の粉河寺は一里とない。ゆったりとした二日目の旅だった。

昨夜、光然のもとに幾組かの来客があった様子が窺えた。だが、光然も草蔵も訪問者がだれか磐音に言うこともなければ、磐音も尋ねようとはしなかった。旅の道中、なにごとも己の信義に従い行動すればよいことと心に言い聞かせていた。

大和街道に尾行者の気配はなかった。だが、少なくとも雑賀衆が光然一行を密かに見守っていることは確かだった。

御三家紀州藩の大名行列が往来する大和街道に新春の光が降り注ぎ、どこからともなく梅の香りが漂ってきた。

「よう休まれましたか」

と肩を並べた草蔵が磐音に声をかけてきた。

昨夕、利生護国寺に入って以来、草蔵と顔を合わせることはなかった。光然とは別に草蔵は雑賀衆を動かし、粉河での会談の情報を収集している様子で、床に就いたのは深夜のことだった。

「それがしは十分に休息させてもらいました」

「夜明け前に起きられて独り稽古をなされたようですな」

「眠りを妨《さまた》げたのではございませぬか」

「いえいえ、夢うつつに清水様の遣われる抜き打ちの軽やかな音を聞いただけにございますよ」

磬音は八つ半（午前三時）に起きて寺の境内の片隅を借りて直心影流のかたち稽古や抜き打ちを繰り返した。半刻を過ぎた頃、いったん稽古をやめたが光然や草蔵が起き出す様子はない。改めて半刻、体をいじめ、最後に本堂の回廊を借り受けて座禅をなした。

瞑想すること四半刻、人の気配に磬音が両眼を見開くと寺の小坊主が立っていて、朝餉を告げた。

「本日は粉河寺まで川沿いに五里半もない道程にございますでな、遅立ちになりました」

「光然老師も草蔵どのも足を止めた折りが多忙の時。気が休まる暇とてございますまい」

磐音は乗り物の中から聞こえてくる光然の寝息を聞きながら言った。

「こたびの会談には雑賀衆の命運がかかっておりますでな、光然様のお力にすがるしかなく、われら一族が表だって動くことはできません。それだけに光然様に心労をかけまする」

と悔しさをその語調に滲《にじ》ませた草蔵が答えた。

「清水様、こたびの会談には雑賀衆を代表して年神様の聖右衛門様が出てこられます」

草蔵の報告にただ磐音は頷いた。

紀ノ川の流れに乗った筏の群れが徒歩《かち》の光然一行を追い抜いていった。

「紀ノ川沿いに西国三十三箇所観音霊場第三番札所の粉河寺、高野山から分離した根来寺と、かつて僧兵集団や鉄砲衆として名をなした惣二《そう》つが秀吉軍の紀州侵攻の前に壊滅させられながらも信仰の助けを借りてその名を残しました。ですが一方で、わが雑賀衆は内八葉外八葉に人知れず暮らす隠れ惣にすぎませぬ」

草蔵が無念の思いをこめて呟いた。高野山奥之院への山道でも草蔵が洩らした言葉だった。

「表には見えておりませぬが、姥捨に新たな隠れ里を設けられ、雑賀衆の魂を厳然と守り続けておられます」

「われらの姥捨の郷は昔ながらの惣の暮らしぶりにございます。それもこれも浄土真宗を捨て、高野山金剛峯寺に帰依して密かに生き延びることを許された隠れ惣ゆえにございます。ために雑賀衆は、この世にあって光の下に姿を見せることがない一族にございます」

磐音は迷った末に言い出した。

「草蔵どの、わが養家佐々木もまた影に生きた家系にございました」

磐音の突然の告白に草蔵が磐音を見た。

「江戸城近くにあれだけの道場をお持ちの佐々木道場が影の者ですと」

「養父は家基様のお命を守りきれなかったゆえに自裁なされた。その一事がすべて佐々木家の務めを表しているとは思われませぬか。また田沼意次様はそのことを承知していたがゆえに尚武館佐々木道場をお取り潰しになったのではなかろうか」

とだけ磐音は草蔵に告げた。

「清水様、いえ、ここでは坂崎磐音様と呼ばせてくだされ。そのことを承知で後継に入られたのですか」

と草蔵が磐音の横顔をひたと見た。

「それがし、豊後《ぶんご》のさる大名家の家臣の嫡男にございましたが、家中の内紛に巻き込まれ、友も許婚《いいなずけ》も失い、藩を離れた者にございます。そのとき、剣に生きようという茫漠《ぼうばく》とした考えが江戸に向かわせました」

と答えながら、ふうっと幼馴染《おさななじ》みにして許婚だった奈緒《なお》を追い求めた日々が磐音の脳裏を過《よぎ》った。だが、それはすぐに流れゆく想念のかなたに消えていった。

「江戸勤番だった頃、修行した佐々木道場に救いを求めたのは剣の道を改めて極めたいという願いからでした。数多《あまた》の門弟衆をさしおいて道場の後継者にとの話が師からございました。その前後のことでしたか、日光社参の影御用を通じて佐々木一族に課せられた使命を察しました。養父から佐々木家の当主に伝わる使命の一端を聞かされたのは養父の死の直前にございました。養父の死はそれがしにとって予想外のこと、それが養父の最後の告知であったのでございましょう。とはいえ、佐々木一族が負わされた運命を得心したとは言い難《がた》い」

磐音は養父佐々木玲圓と秘密を共有した東叡山寛永寺《とうえいざんかんえいじ》寺領にある別当寒松院《べっとうかんしょういん》で

の墓参を思い出していた。

あの日、玲圓は磐音に、佐々木家が代々負うてきた秘密の一端を隠し墓を前に語り聞かせたのだった。玲圓は家基と自らの悲劇を予測していたように磐音に佐々木家が、

「家康の母於大《おだい》の故郷、三河刈谷宿《みかわかりや》」

の出であることを、檀那寺《だんなでら》が刈谷宿の札《ふだ》の辻《つじ》近くにあることを告げ知らせたのだ。

今にして思えば磐音らの流浪の旅は養父から秘密を負わされたときに始まったともいえた。

草蔵はしばし沈黙して歩いていたが、

「坂崎様、ようも心の中をこの草蔵にお聞かせくだされた。私はなんと心の弱い雑賀衆かと恥じ入ります」

「いえ、草蔵どのは心弱い頭領とは思えませぬ。大なり小なり、組織や一族を率いる者はあれこれと思い悩むものにございます。それがしが佐々木一族の秘密を洩らしたのも草蔵どのがそれがしと同じ悩みを持つ人間と思うたればこそにございます」

　磐音は雑賀衆の惣、姥捨の郷に快く受け入れてくれた年神様や三婆様には、何の隠し事もすまいと思っていた。

「坂崎様、もう一つお聞かせくだされ」

「なんなりと」

「直心影流佐々木道場の復興をお考えにございますか」

「養父の死を思うたびにそのことを考えます。されど江戸を離れての旅の空の下、いささか考えが変わりました」

「ほう」

　と驚きの表情で草蔵が見た。

「尚武館佐々木道場は老中田沼意次様の意向のもとに消えました。田沼様によしんば凋落《ちょうらく》の秋《とき》が来たとしても、一旦お取り潰しになった道場を同じように再興することはできますまい。再興したとしてもそれは別物、己は己なりに養父の遺志を継ぐしか途《みち》はないと思うております。ただ今の旅はたしかに田沼様の刺客に追われてのことにございますが、養父がそれがしに与えた最後の試練、修行者に与えられた公案《こうあん》かと考えております」

「時節とともに組織は衣装を変えてよいと坂崎様は申されますか」

「草蔵どのが雑賀衆の先人どおりに惣を率いようと試みても、安永のご時世に生きる雑賀衆には安永に即した考えがございましょう。雑賀衆の生き方も、草蔵どのなりの考えのもとに変えてもよいのではございませんか」

「雑賀衆の結束が壊れはしますまいか」

「鉄砲衆として戦国大名に雇われ、勇猛果敢に戦った雑賀衆は消え申した。この安永のご時世に武装集団を再現するのは難《むずか》しゅうございましょう。草蔵どの方は、丹などの商いを通して新たなる雑賀衆の生き方を模索してこられた。その組織から一人ふたり抜けていくことは致し方ないことにございます。雑賀衆は内八葉外八葉の姥捨の郷に厳然として存続しておられる、生きておられる。こうして今も光然老師を表に立てて、戦《たたこ》うておられる。これが安永の雑賀衆の生き方ではございませぬか」

「それでよいので」

と草蔵が念を押した。

「流れに逆らうと波が立ちます。自然と鎮まるのを待つのも戦い方の一つかと、それがしは思います」

「坂崎様は田沼様が自滅なされるのを待っておられるのでございますか」

草蔵は非難しているのではなかった。わが身のこととして疑問を口にしている
にすぎなかった。
「はて、どうでございましょう」
磐音の脳裏に、家基と玲圓の死の風景が刻み込まれていた。
時の権力者は威勢を誇れば誇るほど衰退の秋《とき》は足早にやってくる。
(その秋を己は待っているのか)
磐音もまた草蔵と同じく思い悩む一人の人間にすぎなかった。草蔵に己の心の
中まで明かしたのは、同じ宿命に晒《さら》される人間と思ったからだ。
磐音は、街道の先に新しく設けられたと思える番所があるのを見た。草蔵の視
線もそれをとらえていた。
大和街道を往来する人々が大勢足止めを食っていた。武家もいれば農夫も馬方
も旅人もいた。
和歌山領内の番所だ、黙って待つしか方策はない。
「清水平四郎様、ここは光然老師にお任せいたしましょうか」
草蔵が乗り物のかたわらに歩み寄り、臨時に設けられた検問所を告げた。
光然がなんと答えたか、磐音には聞こえなかった。

ゆるゆると高野山奥之院副教導室町光然の乗り物が番所の前の行列のところに到着した。光然に付き添う修行僧の一人が、通過を願おうと門番に光然の身分を告げに行った。

「ならぬならぬ、何人《なんぴと》たりとも下馬《げば》いたし、乗り物を下りて番所の身許《みもと》改めを受ける決まりじゃ。早々に乗り物を下りて行列の後ろに並べ」

と門番が横柄《おうへい》に命じる声がした。

修行僧が乗り物に戻ってきて光然に復命した。

「致し方ないな。そもそも坊主が乗り物なんぞに乗るのが不都合な話よ」

乗り物の中から応じて扉が引かれ、光然が姿を見せた。すると番所の調べを待つ人々が光然を承知か、合掌した。

「皆の衆、お城の調べでは致し方ございませぬでな、紀ノ川の流れでも見て順番を待ちましょうかな」

と光然が答えるところに、槍持《やりも》ちなど旅仕度の家来数人を従えた武家が、

「光然どの、壮健の様子、なによりにござる」

と挨拶してきた。

「おや、糸川敻信《いとかわはるのぶ》様ではございませぬか。そのご様子は江戸から戻られたところ

にございますかな」

「いささか急ぎの御用がござってな、帰国いたした。まさかかような場所に番所が設けられ、家中のそれがしまで足止めを食うとは驚き入った次第かな」

と糸川が苦笑いで応じた。

「たしか二年も前でしたか、城下安全のために辻々《つじつじ》に常灯明と番所が設けられたことがございましたな。そのような理由から、街道筋にもかような番所が新しく造られたのでございましょうかな」

「江戸藩邸ではそのような話は聞いておらぬがな」

「御目付《おめつけ》の糸川様もご存じないとはおかしな話かな」

紀伊藩江戸屋敷御目付という糸川の穏やかな目が磐音に向けられ、光然に問い質した。

「老師、武家を同道しての旅にござるか」

「武芸修行のために奥之院に参籠《さんろう》なされておられる清水平四郎と申されるお方でしてな。たまには下界の風に触れさせようと愚僧が願い、話し相手に伴《ともの》うたのでございますよ」

「この安永の御世に武芸修行とは奇特にござるな」

糸川の視線が光然から磐音に戻された。

磐音は会釈を返した。

「どこぞで会うたような」

糸川の顔に訝《いぶか》しげな表情が浮かび、

「浪々の身にござれば、あちらこちらと旅をしております」

と磐音が答えるとさらに訊いた。

「生国《しょうごく》はどちらかな」

「相州小田原藩に縁があった者にございます」

「大久保様のご家中であったか」

「陪臣にございました」

と磐音は曖昧《あいまい》に応じていた。糸川は磐音の答えにそれ以上は追及せず、

「このご時世、剣一筋で生きていくのは難しかろう」

と応じたとき、糸川の従者が番所の中から姿を見せ、通過が許されたことを告げた。すると糸川が、

「光然どの、それがしと同道なされよ」

と番所へ誘《いざな》った。

江戸藩邸御目付ならば和歌山藩の中でも家格は中位、禄高《ろくだか》は五、六百石と推測された。急遽設けられた番所の役人などよりはるかに身分は上位であった。

「お願いしてようございますかな」

光然が糸川と肩を並べ、糸川の従者と光然の乗り物やら磬音らが従った。慌《あわ》て造られた番所の高床から役人が糸川の顔を見て、

「糸川様、急ぎの御用にてご帰国の由《よし》、ご苦労に存じます。どうかお通りくだされ」

と丁寧《ていねい》に許しを与えた。

「かような番所が設けられたには理由《いわく》があってのことか」

糸川の問いに番所役人が困惑の体《てい》でしばし迷っていたが、

「なんでも江戸より密偵が侵入したとか。急ぎ大和街道、熊野街道、高野街道、龍神街道など主だった街道に番所が設けられ、かくの如《ごと》く、われら厳しい詮議《せんぎ》に相務めておるところにございます」

「呆れた話かな。わが和歌山藩は御三家ではなかったか。ただ今の家治様のご出自はどこか、そなたも承知しておろう」

「糸川様、われら、街道奉行柴田《しばた》様の命を受けてかような番所を設けたまでにご

ざいます。それ以上のことは」

「柴田どののう」

と糸川はどことなく得心がいった体で番所役人に応じると、

「罷《まか》り通る」

と光然に合図をなした。

光然老師が高床の役人に会釈をして糸川に従い、その後を空《から》の乗り物やら磐音らが従おうとした。

「あいや、お待ちくだされ。糸川様ご一行の通過は許しましたが、高野山の御坊の調べは済んでおりませぬ」

「番人、光然老師は高野山奥之院副教導、和歌山でも知られたお方じゃ。その方、留め立ていたすか」

出口に向かいかけた糸川の足が止まり、険しい口調で役人に問い質した。

「いえ、あのその」

貫禄《かんろく》違いの糸川の反論にどぎまぎした役人が磐音の姿に目を留めた。

「そこもとは糸川様のお連れか」

「いえ、それがし、光然様の従者にござる」

「なにゆえ高野山奥之院の副教導に侍が従うておるな」

と磬音の同行に糸川への反問を見いだしたふうに磬音を問い詰めた。すると糸川が最前磬音と交わしたとおりの事情を代わって述べ、

「これ以上無益な調べをなすと和歌山藩の名に関わるぞ。かようなことは江戸におられる治貞《はるさだ》様もご存じないことであろう。それがし、和歌山城下に戻り、街道奉行柴田秀彬《ひであきら》どのにその旨伝える。よいな、罷り通るぞ」

と言い放った糸川が光然一行を従えて悠然と臨時番所を出た。

番所から数丁行ったところで糸川が磬音に、

「和歌山は決して諸国往来の人々の足を無益に止めるような藩ではござらぬ。なんぞ街道奉行が勘違いを起こしたのであろう。気を悪くなさるなよ」

とわざわざ言った。

「いえ、それがしのような者にまで気をかけていただき、恐悦至極に存じます」

磬音の言葉に軽く頷いた糸川が、

「老師、われら、この先に立ち寄るところがあるでな、これにて失礼いたす」

と別れの挨拶をして、糸川ら一行は街道を離れ、紀ノ川の川辺へと下っていった。

「老師、乗り物に」

と連れの僧が光然に願った。

「いささか乗り慣れぬものに乗せてもらい、十分に惰眠《だみん》を貪《むさぼ》った。杖《つえ》をくれぬか。歩いていこう」

光然が杖を乞《こ》い、磐音と肩を並べて、草蔵が後ろに下がった。

「清水さん、和歌山が騒がしいのは江戸の政《まつりごと》と関わりがありそうですな。御目付糸川様は藩主治貞様の信頼厚い人物にございます。その糸川様が急ぎ和歌山に帰国なされた。殿様の意を含んだことと推測をつけてようございましょう」

と磐音に言い、

「ほれほれ、糸川様方を乗せた藩の御用船が紀ノ川を矢のように下っていきますぞ」

と流れを指差した。磐音は槍持ちが掲げる黒塗りの槍が視界を流れて一気に小さくなっていくのを見た。

四

粉河宿近くの紀ノ川の南岸には、紀州富士と里人に呼ばれる龍門山《りゅうもんざん》が聳えて、少しかたむきかけた陽射しに濃い陰影を見せていた。

利生護国寺から名手宿をへて粉河まで、五里半足らずだ。市場として栄える名手でゆったりと昼餉を食したので、出立が八つ半(午後三時)の刻限になっていた。いささかのんびりとした旅になったのは、昼餉をとった飯屋で光然老師が書状を認《したた》め、連れの修行僧に託して、いずこかに使いに出したからだ。

粉河寺で明日行われるという和歌山藩の使者との会談を前に、光然はあれこれと下工作をしながらの旅であった。

粉河寺の門前町として栄える粉河宿は、紀ノ川をはさんで南北に段丘が長閑《のどか》に広がり、今しも紅梅白梅が咲き誇り、馥郁《ふくいく》とした香りが大和街道を往来する人々を出迎えた。

粉河寺はこの紀ノ川の北岸にあって、北に和泉山脈を仰いでいた。

創建は奈良時代の宝亀《ほうき》元年(七七〇)とされる名刹《めいさつ》である。西国三十三箇所観音霊場の第三番札所は、平安時代から貴族をはじめ、庶民が帰依した寺で、中世、僧兵を保持して強力な自治軍団を組織し、ために粉河寺の門前町も隆盛を極めたという。

だが、このことが悲劇を招く。

天正《てんしょう》十三年（一五八五）、羽柴秀吉の十万におよぶ大軍が紀州攻めを敢行し、粉河寺は全山を焼き尽くされ、僧兵集団は壊滅した。

磐音らが大門《だいもん》前に到着して窺う堂宇《どうう》は、大小二十余り、広大な寺領だ。その粉河寺も秀吉の紀州攻めでいったんは衰微した。だが、江戸時代に入ると御三家紀州の歴代藩主が粉河寺の復興に手を差し伸べた。

とくに初代頼宣《よりのぶ》は天英《てんえい》を支援して再興に手を尽くし、天英は粉河寺の中興の祖と呼ばれるようになった。

中門をへて一行を出迎えた本堂は、享保《きょうほう》五年（一七二〇）に再建された建物だった。

乗り物を下りた室町光然老師は、独り千手堂《せんじゆどう》に上がり、粉河寺の貫主天願《てんがん》と会談した。だが、話し合いは四半刻で終わり、旅装をとかず待機していた磐音らのところに姿を見せた。

「草蔵さんや、根来寺まで往来することになった。この刻限から根来往復となると深夜を越えよう。名手宿から使いに文を持たせたが、根来寺から先に断りの書状が届いておった。根来寺には私自ら赴き、説得せねばなるまい」

「ご苦労に存じます。こればかりは私どもではどうにもなりませぬ。供をさせてもらいます」

「願おう」

と応じた光然が磐音を見た。

「老師、お体は大丈夫ですか」

「清水さんや、これで若いうちは金剛峯寺の荒修行四度《しど》加行《けぎょう》を何度もこなしたものです。乗り物なんぞを従えたのは、かような事態もあろうかと考えてのことでしてな。粉河から根来まで往復およそ五里半ほど、そなたらにはいささか面倒をかけます」

「光然様、私ども物見《ものみ》遊山《ゆさん》に参ったのではございません」

と草蔵が答え、再び草鞋の紐を結び直した。

高野山から同行してきた修行僧の一人が提灯を用意して先頭に立ち、陸尺《ろくしやく》四人が気合いを入れ直し、乗り物の左右を磐音と草蔵が固めた。これまでののんびりとした歩みが一変して、俄然急ぎ足になった。

まずは日没と競争するように、次なる宿、二里先の清水宿にひたひたと向かう。

半刻ほど進んだところで日が暮れた。

先導する修行僧と草蔵が提灯に火を入れて、陸尺たちの足元を照らしていく。

乗り物の中の光然は沈黙したままだ。草蔵が時折り、

「光然様、喉は渇きませぬか」

とか、

「乗り物を止めて休まれたほうが」

と声をかけたが、

「草蔵さん、時は待ってくれぬでな」

と答えて乗り物を止めようとはしなかった。

清水宿を一行が通過したのが六つ半（午後七時）の頃合い、宿場はもはや静かで客を呼び込む人影もない。足早に進む一行を軒下から赤犬が見送り、一息に両側町の宿を通過した。

「光然様、清水宿を通り抜けましたでな、根来はあと二十五、六丁にございますぞ」

と草蔵が光然老師に声をかけた。乗り物からはただ、

「うむ」

としっかりした返答が戻ってきた。

磐音も草蔵も光然一行に監視がついたことを察していた。おそらく粉河寺を出たときからの尾行者であろう。

街道を闇が覆ったために尾行者が間合いを詰めてきた。その尾行者を草蔵配下の雑賀衆が追い、密かに同行する弥助がさらに追っている構図のまま根来寺を目指した。

新義《しんぎ》真言宗総本山の根来寺は高野山と縁が深い寺だった。新義真言宗とは、弘法大師空海の教えに基づく古義《こぎ》真言宗に対する呼び名である。

空海の入定のおよそ三百年後、高野山に新たな風が吹いた。その指導者の覚鑁《かくばん》は、山内に大伝法院を創始して新たな勢力が生まれたのだ。その指導者の覚鑁は、金剛峯寺との争いを避けて、保延《ほうえん》六年（一一四〇）に根来の地にあった豊福寺《ぶふくじ》に信仰修行の場を移した。さらに正応《しょうおう》元年（一二八八）には大伝法院が移され、高野山と完全に一線を画した新義真言宗の布教が始まった。

南北朝時代、根来寺は北朝方について室町幕府初代将軍となる足利尊氏に庇護を求めて、建武《けんむ》三年（一三三六）に寺領を認められた。さらに戦国時代の混乱期に荘園代官職を根来寺が得て、勢力範囲を拡大し、地侍、豪族らと繋がり、鉄砲で武装した尖鋭《せんえい》な僧兵集団の、

「根来衆」

を組織した。その拠り所になったのが新義真言宗の根来寺だ。

根来衆の全盛期、僧兵一万を擁して確固たる寺院領主に成長していく。それは粉河寺にも似た過程であった。だが、天下統一を目指す羽柴秀吉は紀ノ川沿いの独自な、

「聖と武」

の共同体に危険な臭《にお》いをかぎ取り、十万におよぶ大軍を大和街道に進撃させて寺院領主の根来寺を襲った。この折り、大伝法堂、多宝塔、大師堂などごく一部を残して山内の建物の大半を炎上させる猛攻を加え、これに対して必死の反撃を試みた根来鉄砲衆も壊滅していった。

粉河寺の焼失と同じ天正十三年のことだ。

その後、奈良の長谷寺《はせでら》や京都の智積院《ちしやくいん》に真言教学の拠点を移したが、紀伊藩の庇護のもと、根来寺は新義真言宗の修学寺として復興された。

根来衆鉄砲組は、徳川幕府が江戸で確立すると鉄砲組として召し抱えられ、

「根来衆」

の名を留めていた。

古義真言宗奥之院の副教導室町光然老師を乗せた乗り物は、山門跡を抜けて山内の虚空蔵堂《こくうぞうどう》に着けられた。

根来寺に山門が再建されたのは、磐音らが訪れたときよりずっと後年の嘉永《かえい》五年（一八五二）のことだ。

光然が俄かの面談のために根来寺に到着したのは五つ（午後八時）過ぎの刻限だった。

ここでも光然一人が虚空蔵堂に入り、磐音らは表で待たされた。

光然が磐音らの前から姿を消して四半刻後、会談が長引くと感じた磐音は虚空蔵堂の周りを歩いて回った。すると冷気が籠った闇がゆれて、弥助が姿を見せた。

「弥助どの、ご苦労じゃな」

「まさか根来衆の故郷にまで足を伸ばすとは考えもしませんでした」

「弥助どのは鉄砲組を承知かのう」

「知らない仲ではございませんがね、なにしろこちらは千代田を抜けた人間にございますよ」

と薄く笑い、

「光然様の帰路が危のうございます」

と警告した。

当然予測されたことで、磐音もその気配を察していた。

「それを承知で光然老師は動いておられる」

「今宵、こちらにお泊まりになるとよろしいのですがな」

「話し合い次第じゃな。ともあれ、われらは光然老師に従うだけじゃ」

「光然様を狙うておるのは和歌山藩の江戸開明派にございます。こちらはおよそ二十人ほどの若侍にございます。草蔵さんの手下衆が十数人ぴたりと張り付いておりますので、そうそう容易くは乗り物間近まで迫ることはできますまい」

「弥助どの、なんぞ他に気がかりがある様子じゃな」

「へえ、江戸開明派とは別の者が、橋本宿の利生護国寺を出たあたりから光然様に狙いをつけておるような感じでございます。この者、よほどの手練《てだ》れか、気配を見せるかと思うと、すうっと姿を闇に紛らせましてね、わっしにも正体が摑めませんので、いささか不安に感じております」

「弥助どのでも相手が確かめられないとな。その者、一人かな」

「仲間がいたとしてもあと一人、そんなものでございましょう」

「それがし、その者の動きに注意しておればよいのじゃな」

「江戸開明派は和歌山藩のご家中の若い面々、動こうとすれば雑賀衆が食い止めましょう。わっしも情勢次第では雑賀衆に手助けに入りますが、上に命じられた若い連中のこと、意気込んだ出鼻をくじけばなんとでもなりましょう」

「頼もう」

弥助が再び闇に溶け込んで姿を消した。

磐音が虚空蔵堂前に戻ると、草蔵が一人待っていた。

「庫裏で夕餉の膳が用意されております」

「それは有難い」

と応じた磐音が、

「草蔵どの、会談は長引きそうかのう」

「難航しておるようですな。こたびのこと、高野山と雑賀衆だけではどうにもなりません。粉河寺、根来寺が足並みを揃えてくれないことには、江戸の意向の丹会所設立を阻止することはできませぬ。根来寺が明日、粉河寺の会談に出てくれるかどうかが、和歌山領内の意思の統一に影響しましょうな」

「根来寺が動かぬ理由はなんでござろうな」

「はて、こればかりは推測にしかすぎませぬ。しかし、新義真言宗の根来寺も、西国三十三箇所観音霊場第三番札所にして粉河観音宗総本山の粉河寺も、われら雑賀衆も自治を目指したあまり、武装兵団を有した時代がございます。その結果、秀吉様の紀州侵攻を招いて、粉河寺も根来寺もほぼ全山焼き尽くされた苦い経験を持っておりますでな。政《まつりごと》には関わりを持たずに信仰修行をかたく守っておられるのではございますまいか」

と草蔵が考えを述べ、

「清水様、なにはともあれ、腹を満たしておかねば力が出ませんぞ」

と庫裏へ誘《いざな》った。

光然老師が疲れきった顔で磐音らの前に姿を見せたのは、深夜九つ（夜十二時）過ぎのことだった。直《ただ》ちに粉河寺に引き返す命が発せられ、それまで休息をとっていた陸尺四人が乗り物へ光然老師を迎えて、寒くないように綿入れを老師の膝《ひざ》にかけた。

名手宿から光然の書状を持って根来寺に来訪していた修行僧の一人も帰路に加わり、二人の僧侶が提灯持ちになって、乗り物の両側を磐音と草蔵が固めた。

根来宿から清水宿へと向かう一行を、和歌山家中の江戸開明派の面々が後ろから追ってきたが、若侍の緊張の様子が闇を通して伝わってきた。

光然は険しい会談の疲れからか、乗り物に乗るとすぐに寝息を立てて寝入った。

根来と清水宿は一里とない。清水から粉河の二里の間が危険だと磐音も草蔵も考えていた。だが、予測に反して、根来を出て十数丁ほど行ったところで江戸開明派の面々が動きを見せた。

草鞋の音をひたひたと響かせて後ろから迫ってきた。

陸尺が動揺して早足になった。

「歩みはそのままにしてくだされ。急ぐ要はござらぬ」

と磐音が平静のままに乗り物を進めることを命じた。草蔵も配下の動きを察していて、

「清水様の言葉どおりに願います」

と言葉を添えたため、陸尺の動揺も鎮《しず》まった。

光然の寝息は一瞬止まったが、乗り物が落ち着いた歩みにもどると、再び寝息がし始めた。

後ろから走り寄ってくる若侍の側面から雑賀衆が襲いかかった気配があり、両派の戦いが繰り広げられているようだった。

だが、平安の時代の紀州家中の若侍より、これまで雑賀衆の魂と武芸を磨き続けてきた姥捨の郷の男衆が夜戦には長《た》けていた。

雑賀衆は江戸開明派の若侍の足を止めさえすればよいのだ。その様子を見ずして磬音も草蔵も結果は察せられた。

九つ半（午前一時）過ぎ、森閑《しんかん》とした清水宿を抜けた。残るは二里を切る。

清水宿から半里ばかり行ったところで一つの提灯の蠟燭《ろうそく》が燃え尽き、新しい蠟燭に差し替えて別の提灯の灯りを移し変えた。

乗り物の右手には紀ノ川が黒々とうねってゆったりと流れていた。

磬音の武芸者の勘が、待ち受ける人数を教えていた。

「清水様」

と乗り物越しに草蔵が磬音の偽名を呼んだ。

「どうやらこちらが本命か」

「そのようでございますな」

二人が小声で言い合い、草蔵が提灯持ちの修行僧と陸尺四人に、

「清水様が従っておられますでな、なにがあっても騒がず落ち着かれることです」

と待ち伏せのあることを教えた。さらに半里ほど進んだが、待つ人は闇に気配を隠して姿を見せようとはしなかった。

八つ半（午前三時）の頃合い、粉河宿まで数丁の梅林に差しかかった。

夜の冷気に梅の香りが漂っていた。するとその香りに異物が混じったようで、煙草《たばこ》の臭《にお》いが流れてきた。

行く手にぼおっとした小さな灯りが点《とも》っていた。

磐音が提灯持ちの修行僧の前に出て、腰の備前包平《かねひら》の鯉口《こいぐち》を切った。さらに半丁ほど進んで磐音は乗り物を止めさせた。

「草蔵どの、お任せあれ」

と草蔵に光然老師の護衛を願った。

「承知いたしました」

磐音の七、八間先に壮年の武芸者が立ち、煙管《きせる》を口に咥《くわ》え、煙草を吸っていた。身の丈五尺六寸余ながら足腰ががっちりとして、大和街道に根が生えたようだ。磐音は生易《なまやさ》しい相手ではないと一瞬で悟った。磐音か、相手の死でしか戦いの決着がつかないことは自明だった。

「われら、粉河寺に戻る一行じゃが、なんぞ御用かな」

磬音の問いに、最後の一服をなした武芸者が路傍の梅の古木の枝の股《また》に煙管を挟《はさ》んで置いた。

「高野山奥之院副教導室町光然が乗る駕籠《かご》とみた」

煙草のせいか掠《かす》れた声に西国訛《なま》りを磬音は感じた。肥後《ひご》辺りが生国か。

「いかにもさよう。してそなた様は」

「疋田一勝流《ひきだいっしょうりゅう》石平六蔵《いしだいらろくぞう》、室町光然の命頂戴仕《つかまつ》る」

疋田流は肥後人吉《ひとよし》藩に伝わる剣術だと磬音は記憶していたが、疋田一勝流には覚えがない。

「お手前お一人か」

「独りで生まれ、独りで死にゆくのが人の定め。剣者に仲間は要らぬ」

としわがれ声が応じた。

「清水平四郎にござる。お相手仕る」

石平六蔵が塗りの剝げた鞘から刀身を抜いた。

修行僧が捧げる提灯の灯りにぎらりと鈍い光を放ち、重《かさ》ねの厚い刃が蓬髪《ほうはつ》の頭上に高々と差し上げられた。

乗り物の戸が開かれて、光然が顔を覗かせた気配があった。

「草蔵どの、石平どのの仲間が潜んでおるやもしれぬ。ご注意を」

「はい」

と短く草蔵が返事をして、光然のかたわらに詰めた気配があった。

石平が磐音の言葉に小さく舌打ちした。

磐音は石平六蔵を注視しながら間合いを詰めた。

二間まで迫った磐音の背から提灯二つが照らされて、石平六蔵の貌《かお》をはっきりと浮かばせた。顎《あご》の張った鬚面《ひげづら》に窪んだ眼窩《がんか》、鬢に白髪《しらが》が混じっていた。歳は五十に近いかもしれないと磐音は最初の印象を打ち消した。

磐音は鯉口を切っておいた包平をそろりと抜いた。

光然老師は、正眼に構えた磐音の背筋がぴーんと張りながらも、どこにも無益な力が入っていないことを見ていた。といって五体のどこにも緩みはない。

座禅を組んで何十年もの高僧が見せる背に似ていた。

だが、坂崎磐音の背は、生死の場にあって超然とし、長閑にさえ感じさせた。修行者の研ぎ澄まされた集中心とは別の心境にこの武芸者は身を置いていた。

光然は初めてこのような剣者を見た。

「春先の縁側で日向《ひなた》ぼっこをしている年寄り猫」

と師の中戸《なかと》信継《のぶつぐ》が評した受けの剣法だった。

「おりゃ！」

という裂帛《れっぱく》の低声が石平六蔵の口から洩れて、すたすたと間合いを詰めてきた。

こちらは潔《いさぎよ》い攻めで一気に勝負を決める気だ。頭上に立てて構えられた刃が背に回されて、両腕がすっと伸ばされたままに切り落としの動作に入った。

必殺の斬撃だった。

磐音は不動のままに受けた。

ごつん
と重い打撃が磐音の両手に走った。磐音にとって、受け流すことを許さないこのような経験は稀《まれ》なことだった。痺《しび》れを感じつつもなんとか石平の豪剣を弾いた。

石平は低い姿勢で弾かれた剣を磐音の足元に回転させた。その眼は磐音の両眼を見たままだ。

磐音も石平の眼の動きを見返しつつ、足元を襲った剣を包平で合わせると、掬い上げるように相手の剣を虚空に弾いた。だが、石平は包平に吸いつくように自らの刃をからめ、ぐいぐいと突き上げるように押してきた。

石平の剣筋には攻めだけあって守りはない。かような剣風は守りに転じたときに綻びが生じる。だが、攻めの連鎖には防御が隠され、対戦者の磐音に付け入る隙《すき》はない。

磐音は下がった。

下がりつつ、押してくる刃を押し戻した。だが、石平の刃は寸毫も動かないばかりか、太い腕を利して反対に押し返し、その力を利用して自らの刃を外すと磐音の首筋に叩きつけてきた。

必殺の一撃が首筋を襲った。

剣者の本能のままに磐音は刃を弾いた。すると弾かれつつも石平は低い姿勢から押し込み、二度三度と磐音の首筋に重ねの厚い剣を叩きつけてきた。

磐音は思わず後退しながら、首筋の皮一枚で必殺の刃を弾き返した。

石平の老練の剣に対しながら、戦いの場に走り寄る者の気配を磐音は感じていた。

敵か、味方か。

草蔵が声を上げないところをみると、和歌山藩家中の江戸開明派も、石平六蔵の重くも狡知《こうち》の剣風と磐音の勝負に心を奪われたようだった。

（道場稽古で得られる技ではない）

修羅場《しゅらば》の戦いの中で会得した技であり、動きだった。

石平六蔵の主導する戦いは、無尽蔵《むじんぞう》の体力を利して磐音を死に追いやるまで続くことを磐音は承知していた。

大和街道に光が加わった。

戦いの場を照らす松明《たいまつ》を灯《とも》したのは雑賀衆だろう。

ために磐音も石平も、身近で見合う顔の変化を読み取ることができた。

磐音は石平の武骨な顔に自信と余裕を見てとった。

石平は磐音の顔になんとも不思議な笑みを見ていた。

(戦いの最中にこの笑みはなんだ)

石平の心中に疑いと迷いが生じたが、百戦錬磨の武芸者はそれを顔に見せることはなかった。

戦いは石平六蔵が攻め続け、磐音が受けるかたちで四半刻も繰り返された。だが、石平の力と技はにぶるどころか、ますます巧妙さを発揮し、磐音が弾き返した刃が思わぬところに転じて袖を裂き、時に二の腕の肌に触れて血を流させた。

こうなれば根競《こんくら》べだ。

石平六蔵は、己の多彩玄妙な攻め技が途絶えたとき、一転不利に落ちることを承知していた。

磐音は攻めを受け損じたときが、死の時と覚悟していた。

長い戦いに焦《あせ》りを生じさせたのは、悉《ことごと》く攻め技を封じられた石平だった。

(この相手には尋常な太刀打ちは通じぬ)

と決断した石平がとった行動は、攻めの間合いを微妙にずらすことだった。その意図を察した磐音も受けの間《ま》をおいた。だが、この間の変化に反撃の隙はなかった。ただひたすら相手の刃の軌跡の先を読んで、受け流していた。

居眠り剣法の真骨頂の凄《すご》みを悟ったのは石平六蔵であり、光然老師だった。

(なんとも恐ろしい剣者かな)

清水平四郎は、いや坂崎磐音は守りに追われつつ平常心を失うことなく相手の攻めの予測を楽しんでいるかに見えた。

石平の眼光に怒りが生じた。その分、磐音の胴を襲う刃に力が入り、
ちゃりん
と受けた磐音の包平を掻《か》い潜《くぐ》って石平六蔵の切っ先が磐音の太腿《ふともも》を斬りつけた。

袴が裂かれ、
ぬめり

と血が流れ出るのを感じた。

「決まった」

と石平六蔵は呟くと自ら攻めをやめて、間合いをとった。不動の磬音との間に一間の空間が生じた。

長い戦いにも拘《かかわ》らず両者の呼吸は平静を保っていた。

石平六蔵が戦いの最初に見せた頭上に高々と突き上げる構えをとった。

これに対して磬音は正眼に包平を構え、大帽子《きつさき》を喉元《のどもと》においた。

次なる動きで死が両者のどちらかを襲うことを、対戦者も見守る光然らも承知していた。

「とりゃ」

疋田一勝流の切り落としの構えに揺らぎはなく、静かに刃の峰が背に触れると、
と低声が発せられて石平六蔵が低い構えで突進してきた。

磬音も相手の雪崩《なだ》れる死の刃の下に自ら飛び込んでいた。

（なんと、刃の下に身を入れおるか）

光然が驚愕《きょうがく》したほど流れるような動きだった。

磬音は包平の大帽子を石平六蔵の喉元に伸ばした。

二つの刃が生死の境で交わった。

磐音は額に死を感じつつ、大帽子をさらに伸ばした。寸毫の差で包平の大帽子が老練な武芸者の喉を、

ぱあっ

と掻き斬ってその身を後ろに飛ばしていた。その瞬間、磐音の額に迫っていた死の気配が急速に消えていき、

どさり

と背から大和街道に叩き付けられた石平の口がぱくぱくと開けられた。だが、言葉にはならず、煙草の臭いだけが漂ってきた。そして、死の刻《とき》に石平の体が見舞われ、ことりと動かなくなった。

磐音は梅の枝の間から煙管をとると石平六蔵の手に握らせた。

磐音は血振りをすると静かに包平を鞘に納め、武芸の先達《せんだつ》に向かって頭《こうべ》を垂れ、合掌をした。

光然は驚きのさめやらぬ表情で磐音を凝視していた。

(この仁、己の命を差し出して活路を見いだしおったわ)

だが、磐音は知る由もなく、ただ戦いに斃《たお》れた初老の武芸者の骸《むくろ》に合掌し続けた。

第三章　柳次郎の悩み

一

昼下がり、北割下水《きたわりげすい》に穏やかな春の陽射しが落ちていた。

横川辺りで子供が凧《たこ》を上げているのか、吹き流しをつけた奴凧《やっこ》が舞っていたが、江戸の内海から吹く風に大きく流されて武家屋敷の甍《いらか》の向こうに消えた。

御家人七十俵五人扶持《ぶち》品川《しながわ》家では松の内も過ぎて、当主の柳次郎《りゅうじろう》が、

「母上、そろそろ問屋に新年の挨拶を兼ねて出向き、内職を貰《もろ》うて参りましょうか」

と縁側に座る幾代《いくよ》に話しかけた。

「痩《や》せても枯れてもそなたは品川家の主《あるじ》、問屋に内職を願いに行くのはどうかと

思います」

「母上、急になんですか。これまでは、内職が絶えれば即刻橋を渡って新たな内職を貰《もら》いに行っていたではございませんか。うちには私と母上しかおりませぬ。主もなにもあるものですか」

「お有《ゆう》さんが嫁に入ってくれるのです。せめて嫁様に北割下水の水に馴染んでもらうまで、内職をせずにすむ策はないものか」

「そのような手立てがそこら辺に転がっているものですか。黄金《こがね》色の小判が菓子折りの下に隠され、水が流れるように神田橋に運び込まれてはいるそうですが、御家人の屋敷にはそのような僥倖《ぎょうこう》はございません」

「柳次郎、情けなや。そなた、賂《まいない》を受ける身分を夢見てか」

「いえ、そうではございません。出世するにもお役一つ頂戴するにも、神田橋のお指図がなければかなわぬ世の中と申したかっただけです」

「速水左近様は甲府勤番に、佐々木磐音様とおこん様は名古屋にと、頼りになる方々は江戸を離れられた」

とぽつんと洩らす幾代の脳裏に、自裁した佐々木玲圓とおえいの姿が過《よぎ》った。

「それに幽明界《ゆうめいさかい》を異《こと》にされたお方もおられます」

「われら、江戸に残って細々と生きているだけでもよしとしなければなりますまい」

「尚武館の若先生が江戸にお戻りになるまでに、世間に吹く風が変わっているとよいのですが」

幾代と柳次郎が語り合う縁側から見える庭で、
こっこっこ
と鶏が餌《えさ》を探して歩いていた。

品川家の嫡男は柳次郎ではない、和《わ》一郎《いちろう》だ。ところが和一郎は北割下水の貧乏暮らしに愛想を尽かしたか、品川宿の遊女をしていた女のもとに走り、もはや北割下水に寄りつこうとはしなかった。そんな和一郎が鶏の番《つがい》と雛《ひよこ》を持って屋敷を訪ねてきたことがあった。その雛も立派に成長して、雌鶏は卵を産んで品川家の食膳を賑やかにしていた。

そんな鶏が歩く庭に目をやっていた柳次郎が、

「母上、やはり問屋に顔出ししてきます」

と立ち上がった。そのとき、品川家の通用口が開く気配がして、

「この刻限、どなたかな」

と幾代が呟くところに、六間堀《ろつけんぼり》の名物鰻処《うなぎどころ》宮戸川《みやとがわ》に奉公を始めた早苗《さなえ》が姿を見せた。

「おや、早苗さんではありませんか。宮戸川のお仕着せの絣《かすり》がすっかり板に付かれましたな」

と幾代が呼びかけた。

「まさか、ぶ」

と言いかけた柳次郎が言葉の先を呑《の》み込んだ。

早苗は竹村武左衛門《たけむらぶざえもん》の長女だ。家計を助けるために神保小路の尚武館佐々木道場に住み込みで奉公に出ていた。おこんに憧憬《しょうけい》を抱く早苗にとって、当人から行儀作法を教えてもらう充実した日々であった。だが、西の丸家基の急死とその直後の展開は早苗の夢をも潰《つい》えさせた。

尚武館のお取り潰しとともに早苗は奉公先を失った。そこで地蔵蕎麦《じぞうそば》の親分や宮戸川の鉄五郎《てつごろう》親方が話し合い、早苗を宮戸川に再奉公させることにしたのだ。

「幾代様、柳次郎様、その節はいろいろとご面倒をおかけいたしました。鉄五郎親方やおかみさんによくしてもらい、楽しくお店《たな》奉公に励んでおります」

と早苗が挨拶した。

「それはよかった。ところで早苗さん、親父様が怪我《けが》でもなされたか」

柳次郎は、武左衛門が酒に酔い食らって倒れでもし、見舞いに来たのかと心配した。

「いいえ、父はこのところ寒さに足腰が痛むらしく、その分大人しくしているようです」

と苦笑いした。

「なんと武左衛門どのの足腰の具合が悪いとな。そのような折り無理はいけませぬよ。うちの秘伝の煎じ薬を届けましょうかな」

会えばあれこれと武左衛門の言動に腹を立てて叱りとばす幾代だが、武左衛門の身を案じた。

「これまでの不摂生が祟《たた》ったのでございます。気候が暖かくなれば痛みも消えてくれると思います」

早苗が案じ顔で応じ、柳次郎はなぜ早苗が品川家に顔を出したか、見当がつかなくなった。その様子を察した早苗が言った。

「お客様が品川柳次郎様をお招きにございまして、私が使いに参りました」

「宮戸川の客がこの柳次郎を名指しとは、珍しいことがあるものです。早苗さん、どなたにござろうか」

との問いかけに早苗は、

「会《お》うてからの楽しみとお客様がおっしゃいまして、品川様に告げてはならぬと釘《くぎ》を刺されましたゆえ、お答えできませぬ」

「会うてからの楽しみとな。まさか尚武館の若先生とおこんさんではなかろうな」

「残念ながらそうではございませぬ」

と答える早苗に幾代が、

「どなたであれ、客人を待たせてはなりません。過日、お有さんが届けてくだされた春物の小袖《こそで》と羽織袴《はおりはかま》に着替えなされ」

「母上、北割下水の住人が真新しい小袖なんぞを着て門を出た日には、あれこれと要らぬ噂《うわさ》も立ちかねませぬ。いささかくたびれておりますが、父上譲りの紋付きの黒羽織で参りましょう」

と奥の間に下がった柳次郎が、何度も洗い張りして仕立て直した小袖と羽織袴を着込み、小さ刀を腰に、塗りの剝げた大刀を手に玄関先に回って草履《ぞうり》を履こうとした。

「おや、柳次郎、羽織なんぞ着込んでどこへ行く。酒席か。知り合いならばそれがしも相伴《しょうばん》にあずかろうではないか」

と胴間声《どうまごえ》が門前に響き、中間《ちゅうげん》姿の武左衛門が姿を現した。

「竹村の旦那《だんな》、足腰が痛《いと》うて長屋にじっとしていたのではなかったのか」

「おや、たれがそのようなことを告げ口したな。足腰の痛みなど、酒が入ればすうっと消える」

と嘯《うそぶ》く武左衛門の視界に、娘の早苗が睨んで立った。

「正月早々、母上に面倒をかけておきながら、そのお言葉はなんでございますか。他人様《ひとさま》に酒席をたかるなどわが親ながら恥ずかしゅうございます」

「早苗、もう足腰は治ったのじゃ。それにしても、そなたの口調はまるで母親そっくりではないか。窮屈でいかぬ」

と答えた武左衛門が柳次郎に、

「どうせ北割下水の貧乏御家人の訪ねる先など知れていよう。それがしを酒席に連れていけ」

と再びせがんだ。

「竹村武左衛門どの、もとい、ただ今は安藤《あんどう》家下屋敷の住み込み中間の武左衛門でしたな。この幾代、腕に歳はとらせませぬぞ。代々伝わりし筑紫薙刀《なぎなた》刃渡り一尺七寸でそなたの根性を叩き直してくれん」

と玄関式台に薙刀を構えて立った幾代に、

「じょ、冗談にもほどがござる。親しい仲間同士の戯言《ざれごと》に薙刀を持ち出すとは法外にござるぞ、幾代様」

と武左衛門が慌てて門前まで後退した。

「柳次郎様、ご案内いたします」

その間に早苗が品川家の主に呼びかけ、父親のかたわらを素知らぬ体《てい》で抜けた。

「早苗、宮戸川に柳次郎を連れていくのか。ならばわしも承知の人間であろうが。そう邪険にしなくてもよかろう」

と娘に哀願したが、厳しい視線で睨み返され、首を竦めた。

「旦那、たれが待ち受けておられるか、どのような呼び出しか、それがしも知らぬのだ。こたびは許せ」

「なにが許せだ」

とぼやいた武左衛門が、

「早苗、宮戸川の住み心地はどうじゃ。なんぞ不満があれば父に言うがよい。鉄五郎親方とは古い付き合いゆえ、それがしから一言注意しておく」

「父上に願うような不満などございません」

と早苗がにべもなく言い、柳次郎と北割下水の屋敷町を抜け、六間堀北之橋詰《きたのはし》の宮戸川にそそくさと向かった。

その背をいつまでも見送っていた武左衛門の口から、

「坂崎磐音、どこでどうしておる。江戸が寂しいぞ」

という呟きが洩れた。


深川名物になった鰻処宮戸川の二階座敷に待ち受けていたのは、南町奉行所年番方与力《ねんばんかたよりき》笹塚孫一《ささづかまごいち》と定廻り《じようまわ》同心木下一郎太《きのしたいちろうた》の二人だった。

「笹塚様に木下どのでしたか。新春のご挨拶を申し上げます」

と言いかける柳次郎を制して、

「品川どの、この江戸に寿ぐ《ことほ》ことなどなにもないわ。それがし、年番方与力の肩書を外されて、ただ今は無役よ」

「えっ、笹塚様が無役ですと。それはまたどうしたことで」

「奉行の牧野成賢《まきのせいげん》様は神田橋との繋がりが深いでな、おそらく田沼家の用人どのあたりに尚武館と親しいと睨まれて、奉行も年番方を解かれたのであろう。年の瀬に首が繋がっただけでもよしとせねばなるまい」

確かに笹塚が言うように牧野成賢と神田橋の主とは関わりがあった。

牧野の弟の妻は、将軍家治の側用人にして新規の築城を許された沼津藩主水野《みずの》忠友《ただとも》の妹であった。この水野家に田沼意次の四男の意正《おきまさ》が養子に入っていた。

「なんということで」

と驚きの顔で笹塚を、続いて一郎太に視線を移した。

「品川さん、こたびの一件、私はなにも知らされず供を命じられたまで。まあ、非番月で手を抜こうと思えば抜けなくもない。ゆえに上役の無理も聞き入れることもできます」

と思わず答えた一郎太を大頭の笹塚孫一が睨んだ。

「手を抜くじゃと。たれを前にしてそのような言葉を弄《ろう》しておる。この笹塚、年番方を解かれても同心に手抜きの御用など務めさせる気はないぞ、一郎太」

「ついうっかりと肚にもないことを申し上げました。それにしても笹塚様、本日、なにゆえ宮戸川にそれがしを伴い、品川柳次郎どのを呼び出されたのでございますか。そろそろ理由《わけ》をお聞かせください」

と柳次郎に代わり、一郎太が催促した。

出ていた茶碗の茶を喫した笹塚が、

「それがしに遠方から書状が届いた」

と言った。

「遠方ですと」

「近江瀬田《おうみせた》の飛脚問屋から送られて参った。だいぶ前にわが八丁堀の役宅に届いてよいはずの書状を、何者か差し止めた者がおってな、昨日受け取った」

と笹塚が答えた。

「たれからの書状でございますか」

「近江瀬田光明寺《こうみようじ》の住職源義《げんぎ》様が差出し人でな、俳諧仲間が久闊《きゆうかつ》を叙《じよ》する体の書状であったわ」

「お伺いいたします」

「なんじゃ、一郎太」

「笹塚様が瀬田の光明寺の住職どのと俳諧仲間とは存じませんでした」

「一郎太、これでも退屈な折りなど、この大頭からあれこれと言の葉をひねり出さぬでもない。じゃが天下に名が知れた寺の高僧をたれとも知らず、また文《ふみ》で五七五を贈り合う仲間でもない」

「それはまたどうしたことで」

「そこよ。あれこれと考えた末に、この書状を届けた飛脚問屋を室町《むろまち》に訪ねた」

「飛脚問屋の伝十《でんじゅう》を通した文にございましたか」

「そこへもう一通、それがし宛ての書状が残されておった」

と笹塚孫一が懐《ふところ》から書状を取り出した。

宛名は確かに南町奉行所年番方与力笹塚孫一であったが、表に添え書きがあり、
飛脚問屋伝十預け、となっていた。

「伝十の番頭は知らぬ仲ではなし、わしが顔出しするのを二月《ふたつき》以上も待っておったらしく、この書状を差し出した。急ぎ封を披《ひら》くと、中に新たな文が入っておった。それがこれじゃ」

笹塚は書状を披くと第二の書状を二人に見せた。新たな表書きは、

「品川柳次郎殿」

とあった。

表書きとは書体が異なり、懐《なつ》かしい坂崎磐音の筆跡だった。

「それがしのところに届いた書状の筆跡は光明寺の住職に似せたもので、まるで

違うた。もっとも光明寺の住職の字と言われても江戸で分かる者はたれ一人としておるまいて。尚武館の若先生が五七五なんぞをひねり出した内容の文で、それがしに届いた俳句仲間の文を横取りした田沼派もいささか当惑したことであろうて。ともかく、一通目の書状でそれがしに疑心を抱かせるように仕向けておる。品川どのに宛てたこの書状こそ、こたびわれらが知る人物が出したかったものよ。品川どの、お渡しいたす」

柳次郎は懐かしい友からの書状を押し戴いた。

「坂崎さんがかようにも手間がかかる手立てで品川さんに文を届けようとしたのは、田沼派の眼を警戒してのことにございますね」

一郎太の問いに、

「それ以上、他に理由があるか。それがしに送るにも手の込んだ策を使い、田沼派の眼を潜りぬけたのよ。あの仁、江戸を遠く離れておってもなかなか細かい神経を遣いおるわ」

と笹塚が感嘆した。

「この場で読ませてもらいます」

と断った柳次郎は、飛脚問屋伝十預かりになっていた第二の書状の中に隠されていた文を披いた。

「江戸を去るにあたり、旧友畏友に挨拶の一語もなく姿を消したことをお詫び申し上げ候《そうろう》。この書状が無事品川柳次郎どのの手に届いたとするならば、南町奉行所の知恵者与力様の炯眼《けいがん》によるものにござれば、まずは笹塚孫一様に厚くお礼を、品川どのの口から申し上げくだされたく願い上げ候」

と柳次郎が一旦言葉を切って笹塚孫一を見ると、

「坂崎磐音め、人を小者《こもの》のように使いおって、なにが厚くお礼を申してくだされじゃ。全くもって腹が立つ仁かな」

とぶっきらぼうに言い、

「それより品川どの、先を読んでくれぬか」

と願った。

頷いた柳次郎が再び書面に目を落とした。

「さて、われら尾張の地を離れ、再び旅の空の下に居り候。名古屋にも田沼派の刺客が姿を見せ、さらには御三家尾張家江戸上屋敷を訪れた田沼家用人が、われらの名古屋滞在の不快を伝えしとか。それがし、尾張藩に迷惑をかけること願わず、おこん、弥助どの、霧子と相談の上、尾張を離れた次第に御座候」

読み始めた柳次郎が嘆息し、

「尾張に落ち着かれ、やれひと安心と思うておりましたが、名古屋城下にも刺客が現れましたか、坂崎さんとおこんさんの苦労は絶えませぬな」

と一郎太も慨嘆した。

「おこんの腹はだんだんと大きくなり、年明け早々にも子が生まれて五人旅と所帯が膨らみ申そう。されどわれらが行く先は定まらず、おこんには街道の旅籠で子を産む苦労をかけることになるは覚悟の前に候。それもまた江戸を離れし時からのさだめ。とは申せこたび弥助どのと霧子が加わりて、それがしもおこんも心強く感じ居り候」

ふうっ
と笹塚が大きな吐息をつき、

「今津屋《いまづや》のおこんさんがのう、旅籠で赤子を産むなど、江戸では考えられぬ仕儀かな。にっくきは田沼意次の専横かな」

と呟いた。その言葉に柳次郎が首肯して、

「読み継ぎます」

と同席の二人に断った。

「本日品川柳次郎どのに書状を差し出したは、お詫びに御座候。昨年、両国橋上にて柳次郎どのから椎葉《しいば》有どのとの祝言《しゅうげん》を椎葉家のお婆《ばば》様の三回忌法要を終えたこの秋に行いたい、ついてはわれら夫婦に月下氷人《げっかひょうじん》をと願われし一件、それがし承諾しながらも、予期せぬ家基様の急死、養父養母の自裁、さらにはわれらが流浪の旅に出ざるを得なくなった経緯等々で約定《やくじょう》果たせず、心苦しき次第に御座候。何分事情をお汲《く》みとりの上、品川柳次郎どのと椎葉有どのの祝言、しかるべき方に仲人《なこうど》を願われ、一日も早く新たなる門出に踏み出されんことを願い奉《たてまつ》り候。最後に、幾代様を始め、深川、本所の皆々様のご健勝を旅の空より祈念申し上げ候」

なんとか書状の最後まで読みとおした柳次郎が言葉を詰まらせ、

「重荷を背負うた旅の中でわれらの祝言まで気にかけられて、坂崎さんはなんという気苦労、心遣いの漢《おとこ》か」

と心中を吐露《とろ》した。

「あやつらしいわ」

と笹塚孫一が応じ、

「品川さん、お有さんとの祝言、どうなっておる」

と一郎太が尋ねた。

「それです。椎葉家から品川家にお有どのを迎える話がついた頃、椎葉家の当主の弥五郎《やごろう》様は、品川家は七十俵五人扶持の御家人じゃが、将軍家の御側御用取次《おそばごようとりつぎ》速水左近様やら両替屋行司《ぎょうじ》の今津屋やら尚武館佐々木道場やらと知り合いなれば後々出世もしよう、と考えられて応諾なされたとか。ところが家基様の死、佐々木玲圓様の自裁など一連の田沼派の攻撃に、このところお有どのに、北割下水の御家人の家に嫁に行くのは苦労しに行くようなものと、まして仲人が行方不明《ゆくかたしれず》ではどうにもなるまいと、弥五郎様がわれらの祝言を渋っておいでだそうです。今や、頼みはお有どのの決心にございます」

「それはいかん。一刻も早く新たな仲人を決めて祝言を挙げられたほうがよい」

と一郎太がわがことのように慌て、

「ここはとくと考えねばならぬことじゃぞ」

と笹塚孫一が腕組みをして思案を始めた。

二

品川柳次郎は竪川《たてかわ》と大川が合流する一ッ目橋際で南町奉行所の御用船を下りた。笹塚孫一と木下一郎太は六間堀に御用船で乗り付けていて、柳次郎はその船に途中まで同乗させてもらったのだ。

「笹塚様、木下どの、御用繁多な折り、それがしのために時間を割いてくださり、まことに有難うございました」

と船着場から腰を折って挨拶した。

「最前も申したように、笹塚孫一、無役の身よ。格別に忙しいこともないわ。これから時折り、宮戸川に顔を出すでな、付き合《お》うてくれ」

と南町奉行所の与力同心を率いて知恵者と呼ばれた笹塚孫一が、自嘲《じちよう》するように言い、船頭に大川へ出るよう命じた。

柳次郎は笹塚と一郎太を乗せた御用船を見送りながら、先刻までのことを思い起こしていた。宮戸川の三者での話し合いの後、

「酒を頼もうか」

と笹塚が言った途端に、

「へえ、お待ちどおさま」

とその気持ちを察したように宮戸川の鉄五郎親方が酒を運んできた。その場に

鉄五郎親方が残り、笹塚孫一の名を借りて送られてきた坂崎磐音の詫び状の内容を知らせた。

「若先生らしゅうございますね。田沼の刺客に追われての旅の最中に、品川さんの仲人の一件まで気にかけておられましたか」

「それがしに宛てられた書状は、奉行所の中で二月《ふたつき》以上も調べおった者がいるとみえて、昨日ようやくわが御用部屋の机の上に載せられておった。もそっと早く品川どのに渡せたのに、年を越させてしもうた。ために坂崎磐音の気持ちを無駄にした。品川どの、許してくれ」

と笹塚が憮然《ぶぜん》とした顔で柳次郎に改めて詫びた。

「いえ、それがしには尚武館の若先生のお気持ちが十分に察せられました。却って笹塚様に迷惑をかけたようで恐縮です」

と柳次郎が応じると鉄五郎親方が、

「南町奉行所の中にも田沼派の者が紛《まぎ》れておりますか」

と唖然《あぜん》とした。

「致し方なかろう。世は神田橋の老中と妾《めかけ》の天下じゃからな。奉行所に書状盗人がいても不思議はないわ」

と笹塚が吐き捨て、

「笹塚孫一、これを機に楽隠居の身分になる」

と悔しさを滲ませた口調ながら決然と言い切った。

鉄五郎を交えた話し合いの中で、金兵衛《きんべえ》には磐音一行が再び旅の空の下にあっておこんが難儀しているであろうことは知らせぬことで一致した。

金兵衛は、娘のおこんが名古屋城下に落ち着き、子を産むと信じて喜んでいたのだ。磐音らが苦難の旅を続けていると知らせて金兵衛に案じさせることはあるまいと、四人の考えが一致したのだ。

柳次郎は一ッ目橋の船着場から河岸道《かしみち》に上がり、両国東広小路の雑踏を目指した。

柳次郎は、磐音とおこんが江戸に戻ってくるまで祝言を延ばそうと考えていた。

だが、家基の死を境に椎葉弥五郎の言動が微妙に変わったことをお有は心配していた。また父がよからぬ考えを生じさせて、お有を妾にでも出そうなどと考えかねないと案じていた。そこで柳次郎に会うたびに、一日でも早く品川家に嫁入りすることを願っていた。

笹塚孫一は、

「このご時世じゃ。坂崎磐音がすぐに江戸に戻れるとも思えぬ。仲人の代役を探すことじゃぞ」

「笹塚様、それがしの頭には坂崎磐音という人物しか仲人は考えられませぬ」

「そうは申すがな、武家にとって仲人なんぞは飾り物よ。上役なんぞがうってつけと思わぬか」

と上司を坂崎磐音とおこんの代わりに立てよと忠言した。

柳次郎は、非役の御家人を支配する小普請組組頭《こぶしんぐみくみがしら》の中野《なかの》茂三郎《しげさぶろう》の風貌《ふうぼう》を思い浮かべてみたが、はっきりとした顔すら浮かばなかった。また中野茂三郎が引き受けたところで、椎葉弥五郎が得心するとも思えなかった。

柳次郎はまだ正月気分が残る東広小路の人込みを抜けて、両国橋に差しかかった。

椎葉有と再会したのがこの両国橋上だったな、なんとしてもあの幸運を確実なものとせねば品川柳次郎の男が立たぬぞなどと考えながら、長さ九十六間の橋を渡った。

西広小路は対岸より一段と賑わっていた。この賑わい、藪入《やぶい》りまで続くと思いながら、柳次郎は懐に仕舞った磐音からの書状に着物の上から触れてみた。

（坂崎さんとおこんさんの苦労に比べれば、こちらの苦労など何ほどのことがあろうか）

品川柳次郎は懐を押さえながら、江戸両替商六百軒を束ねる今津屋の店頭に立った。

相変わらず、江戸の金融界の元締めの店の中は大勢の客で賑わっていた。その今津屋を仕切る老分《ろうぶん》番頭の由蔵《よしぞう》は、ちょうど手元の大福帳から顔を上げたところで、柳次郎と目が合った。

「おや、品川様」

と声をかけた由蔵は、

「奥向きの話のようですな」

と言いながら帳場格子《ごうし》から立ち上がり、店座敷に柳次郎を招じ上げた。

今津屋では武家方の御用などに使う座敷を店裏に幾部屋か持っていた。

その座敷には火鉢に赤々と火が入れられ、いつ客が使うことがあってもいいように仕度ができていた。

「老分どの、新春明けましておめでとうございます。本年も何卒よろしくお付き合いのほどお願い申します」

「ご丁重なるご挨拶、痛み入ります。こちらこそ昵懇《じっこん》のお付き合いを願います
ぞ」

　と答えた由蔵が、

「店先に立たれたとき、思案顔に見えましたが相談ごとにございますかな」

「老分どの、坂崎さんから書状を頂戴しました」

　とまず懐の書状を出して由蔵に差し出した。

「拝見いたします」

　と断った由蔵が眼鏡《めがね》をかけて、書状をふむふむと言いながら読んだ。だが、格別に驚きの表情を見せなかった。それでもさらにもう一度、丁寧に読み返した由蔵は書状を畳みながら、

「この書状の受け渡しに笹塚様が関わっておられますか」

　とそちらに関心をみせた。

「さようです」

　柳次郎は、磐音が工夫した南町奉行所の笹塚孫一の名と肩書を利用した複雑な書状の授受を説明した。

「坂崎様らしい用心ぶりですな。それにしても南町奉行所の中にも田沼派の手が

入っているとは驚きです。こたびは坂崎様の慎重な工夫が役に立ちましたな」

と由蔵は感じ入ったように呟いた。

「笹塚孫一様は年番方のお役を外されたそうです」

「その話、私のところにも伝わってきております。なにしろ奉行の牧野成賢様が田沼様と関わりがございますでな、いつかはこのようなことが起こるのではないかと案じておりました。じゃが、牧野様も笹塚孫一様の剛腕と知恵は十分に認めておられます。しばらくの間の閑職にございますよ」

と今津屋を仕切る老分番頭が言った。

両替商には江戸のあらゆる階層の情報が集まり、その分析の上で両替商が成り立っていた。

「これからは楽隠居と自嘲しておられました」

と答えた柳次郎は、

「老分どのはすでに坂崎さん一行が名古屋を離れたことを承知の様子ですね」

と問い返した。書状を読んでもさほどの驚きの表情を見せず、すぐにもそのことに触れなかったからだ。

「いかにも承知しておりました。というのも名古屋城下で世話になっておられた尾州茶屋《びしゅうちゃや》中島《なかじま》家の大番頭中島三郎清定《さぶろうきよさだ》様と、このところ書状のやり取りがございましてな。尾州茶屋の大番頭さんから、坂崎様、おこんさん、弥助さん、霧子さんの四人が茶屋中島家の持ち船に同乗して、安芸《あき》広島まで行く体を装いながら、その実、京の茶屋本家に向かい、匿《かくま》う算段をなされたこと、さらには坂崎様方がなぜか京の本家に姿を見せられぬことなどを、立て続けに書状で知らせてこられましてな、それで存じておりました。笹塚様を通じて品川さんに宛てられた書状を瀬田の飛脚屋に頼んでおられます。この地からどちらに向かおうとしておられるのか」

「なぜ京の茶屋中島本家に行かれなかったのでしょうか」

「品川様、考えてもごらんなされ。御三家尾張の懐に匿われた坂崎様方を、田沼様は強引にも外に出された方ですぞ。尾州茶屋家でもわざわざ持ち船に乗せて、芸州《げいしゅう》広島に行くと見せかけて旅立たせられた。ですが、坂崎様は田沼の刺客がこの偽装に早い時期に勘づく、そして真の行き先は京の茶屋中島本家と推測するはず。となれば、一旦尾州茶屋中島家の庇護を離れるべきと独自の道中を思案されたのではございませんか」

「いかにもさようかもしれません」

「琵琶湖《びわこ》の南岸の瀬田は京にも近いが伊賀にも伊勢にも出られましょう。まだ寒さが厳しい折りにどちらに向かわれたのやら」

と由蔵が嘆息した。

「坂崎さん、旅の空の下でおこんさんが子を生《な》すことを覚悟しておられるようですが、なんとも痛ましいことです」

「品川様、私はこの書状を読み返して、慎重な坂崎様らしいと感じ入りました。万が一田沼派に渡ったことを考えて行き先は伏せてある。あてどのない道中にあると思わせておられるのではないでしょうかな。おこんさん思いの坂崎様ですぞ、途中までは尾州茶屋中島家の指示どおりに行動なさっておられましたが、途中から自分たちだけの旅に戻された。それもこれも田沼派の追跡を免れるためと思われませぬか」

「今頃はどこかに安住の地を見つけておられるということですか」

「はい。この由蔵はそう推測しております」

「どこでございましょうな」

「はて、世話になった中島清定様を騙《だま》し果《おお》せた坂崎様です。残念ながら江戸にいては今津屋の由蔵の神通力も叶いませぬよ」

と笑った由蔵が、

「品川様、身内が増えておりますぞ。四人旅が五人の旅に変わっておりましょうな」

さすがの由蔵も、松平辰平と重富利次郎が磐音らに合流しているなど夢想もできなかった。

「女子でしょうか、男子でしょうか」

「坂崎様とおこんさんの最初のお子です、跡継ぎの男子に決まっておりますよ」

と由蔵が確信をもって言い切った。

「男の子か。顔を見てみたいな」

と柳次郎が呟き、

「さて、あちら様を案じるより品川様、そなた方の仲人を心配すべきではございませんか」

「老分どのも坂崎さんの旅は長くなると思われますか」

「そうですな、私の勘では江戸へのお戻りはそう遠い先のことでもないような気がしますがな」

柳次郎は椎葉有との祝言が滞《とどこお》り、椎葉家の当主弥五郎がいささか変節してお有を北割下水の品川家に嫁《とつ》がせることを渋り始めた経緯《いきさつ》を語った。

「学問所勤番組頭百六十石から出世を夢見ている御仁のようですね。娘をそのことに利用するなど許せませぬな。事情を伺《うかご》うてみると、坂崎様が申し出られたとおりに仲人をどなたかと代わってもらい、一日も早く祝言を挙げることが肝要にございますぞ」

「笹塚様は、武家の祝言の仲人など飾り物、上役に頼むのがよいと申されましたが、うちは無役が長く小普請組組頭が上役といえば上役ですが、付き合いもなく、顔もよう覚えておりません。そのような方でよいものでしょうか」

「坂崎様とおこんさんの代役がそのような仁では舅《しゅうと》様も納得なされますまい。とはいえ武家の祝言、町人が出るのもまたいささか奇妙」

「町人の付き合いといえば本所深川の連中です。川のこちら側にいるのは内職を貰う問屋くらいです」

「うちも町人の知り合いのうちですぞ」

「両替屋行司の今津屋さんが貧乏御家人の仲人ですと、月とすっぽん、釣り合いがとれません」

と柳次郎が首を横に振った。

「ささて思案の為所《しどころ》にございますな」

と由蔵が腕を組んで両目を瞑《つむ》った。

「忙しい老分どのを煩《わずら》わせて、申し訳ございませぬ。なあに破《わ》れ鍋に綴《と》じ蓋《ぶた》と申せばお有どのに怒られましょうが、北割下水の御家人が夫婦になるだけの話です。本所界隈《かいわい》で知り合いを見繕《みつくろ》います」

「そ、それはなりませんぞ」

と由蔵が瞑っていた両眼を見開き、

「竹村武左衛門様はなりませんぞ」

と叫んだ。

「わが友といえば竹村の旦那もその一人ですが、椎葉家ばかりかわが母も承知なさいますまい」

「いけません、いけません。竹村様だけはこの際、念頭からすべて追い払ってくださいな。ともかくです、江戸に戻られた坂崎様が、わが代わりに仲人を引き受けてくれたことを得心なさる人物でなければなりませんぞ」

「老分どの、坂崎さんに代わる人がいようとは思いませぬ」

と柳次郎が肩を落とした。

「品川様、そうがっかりなさいますな。しばらくお待ち願えますか。奥に参り、旦那様にご相談してお許しが出れば一緒に出かけますすでな」

と思案がついたのか、由蔵がこう言い残して奥へと消えた。

柳次郎は四半刻ほど店座敷で待たされた。

「お待たせいたしましたな」

と姿を見せた由蔵は外着の羽織に着替えていた。

「老分どの、それがし、かような格好ですが、宜《よろ》しゅうござろうか」

と父譲りの紋付きの黒羽織の袖を引っ張ってみせた。

「なあに、知らぬ仲でもございますまい」

と由蔵が答え、帳場を筆頭支配人の林蔵《りんぞう》に頼むと、小僧の供も連れずに柳次郎を従え、米沢町《よねざわ》から浅草御門の方角へと歩き始めた。

柳次郎は訪ね先がだれなのか聞きそびれた。また今津屋の大番頭が思案したことだ、黙って従うしかあるまいと思った。

由蔵は浅草御門前を通り過ぎると柳原土手《やなぎわらどて》に向かってせかせかとした足取りで歩いていく。

「歳をとるたびにせっかちになりましてな。荷を負った小僧を供に連れていきますと、私だけが先に行って、この前などは下谷《したや》広小路で奉公したての小僧を迷い子にさせてしまいました」

と由蔵が笑った。

「今津屋に跡継ぎができた折りは、老分を辞して店裏の長屋にでも引っ込もうと考えておりましてな、旦那様にもお願いしましたが、まだ十年早いと叱られました」

「当然です。主の吉右衛門《きちえもん》様は、両替屋行司の外仕事が忙しい。となると、大所帯の今津屋への睨みは老分どののお役目ですからな。それにこの足の運びならば十年どころか二十年でも奉公できましょう」

「林蔵らが虎視眈々《こしたんたん》と老分の座を狙うておりますでな、そうもいきますまい。また奉公人が上を目指さないようでは、お店は早晩立ちゆかなくなり、潰れます」

と言いながらも、由蔵の目は柳原土手に広がる高床の古着屋の品揃えなどをしっかりと見ていた。

日々の江戸の営みが両替商に直結してくるのを承知だから、由蔵の好奇心は留まるところがない。

いつの間にか柳原土手を抜けて、筋違橋《すじかいばし》御門前の八辻原《やつじがはら》から武家屋敷へと入っていく。

柳次郎の知るこの界隈の人物は、御側御用取次の速水左近か、尚武館佐々木道場しかない。だが、速水左近は甲府勤番、俗に言う山流しにあって江戸を離れ、佐々木道場は取り潰されていた。

柳次郎の煩悶《はんもん》も知らぬげに由蔵は表猿楽町《おもてさるがくちょう》へと曲がった。

速水左近の用人にでも面会するのか、と柳次郎が考えたとき、由蔵は表門が閉ざされた速水邸を過ぎ、次の辻で西側へと曲がった。となるともはや知り合いなどだれもいない。

この辺りに来てようやく由蔵の歩みは落ち着いたものになった。さらに武家屋敷を五丁ほど進む。

神保小路は、二人が歩く通りの南側に並行していた。丁の字にぶつかり、右に折れて、次の辻を左に入った。

駒井小路《こまいこうじ》だ。

薬草を煎じる匂《にお》いがどこからともなく漂ってきて、品川柳次郎は由蔵の訪ねる先の見当がようやくついた。

三

寺伝によれば粉河寺は、宝亀元年（七七〇）、大伴孔子古《おおとものくじこ》という猟師がこの地に草庵を建て、のちに童男行者《どうなんぎょうじゃ》が千手観音《せんじゅかんのん》像を彫り、一山の本尊としたのが始まりという。

やがて弘法大師空海が高野山を開き、さらには浄土信仰の布教を背景に熊野詣でが盛んになると、高野山にも熊野にも近接する粉河寺に多くの巡礼者が立ち寄るようになって賑わいを見せた。

正暦《しょうりゃく》二年（九九一）、花山《かざん》法皇が熊野詣での帰りに粉河寺に立ち寄り、それをきっかけに藤原頼通、鳥羽上皇、平重盛など時の権力者が粉河寺を訪れるようになる。ために紀州一の、

「観音の寺」

との評判を得て、あらたかな霊験《れいげん》が都に伝わり、平安時代後期には西国三十三箇所観音霊場の第三番札所となった。

鎌倉時代に入ると粉河寺はさらに隆盛を極め、紀ノ川沿いの観音寺として数千

人の僧兵を抱える大寺となっていた。多くの僧兵を抱えるにつれて粉河寺は政《まつりごと》の舞台に引き込まれていく。

元弘《げんこう》二年（一三三二）、天皇親政を復権し、鎌倉幕府の倒幕を目指す後醍醐《ごだいご》天皇から僧兵の参軍を求められるなど、必然的に中世の騒乱の渦に巻き込まれていった。とどのつまり天正十三年（一五八五）、天下統一を目論《もくろ》む羽柴秀吉の紀州攻めに遭《あ》い、全山が焦土《しょうど》と化した。

だが、その粉河寺も江戸時代に入り、御三家紀州徳川家の歴代藩主の庇護のもと、再興を遂げていた。

その粉河観音宗の総本山粉河寺の本堂に面した枯山水《かれさんすい》の庭を望む千手堂に、このところ緊張が続いていた。

高野山奥之院の副教導室町光然が呼びかけた粉河寺会議は、和歌山藩から御付衆の武田《たけだ》宗実《むねざね》の嫡男志之輔《しのすけ》が姿を見せた。

初代徳川頼宣が水戸領主時代および駿河・遠江《とおとうみ》領主時代に家康足下の家来から分けられた「御付」衆を中核にして紀伊藩の家臣団は構成されていた。この御付のなかでも安藤《あんどう》家、水野《みずの》家、三浦《みうら》家、久野《くの》家の四家と、それに準ずる水野太郎作《たろさく》家が「紀州藩五家」と呼ばれ、代々御年寄（家老）となる家柄であった。武田家は五家に準ずる家柄だ。

これに紀ノ川沿いにかつて威勢を誇った粉河衆、根来衆も顔を揃え、雑賀衆からは長老雑賀聖右衛門が臨んで何日も続くことになった。

磐音にとって、紀伊領内の政に関わることはもっとも避けたい一事だった。

だが、雑賀衆姥捨の郷に寄寓しておこんが磐音との嫡男空也を無事産んだ経緯から、雑賀衆の末裔《まつえい》を率いる男衆頭草蔵の頼みを受け入れ、高野山奥之院詣でに向かったのだ。

草蔵は高野山全体の政を司る奥之院副教導室町光然老師に依頼して、江戸幕府の丹会所設立を阻止したいという思惑を胸に秘めていた。高野山も丹の鉱脈を持ち、採掘をしている以上、幕府の丹独占は許し難いことだった。そこで光然老師は、草蔵の頼みを受け入れて、和歌山藩との折衝《せっしょう》を高野山と和歌山城下の中間点、粉河寺で持つ企てを試みた。

いきがかり上、磐音も光然老師と雑賀草蔵に従い、粉河寺へと出向いた。道中、和歌山藩の家臣と思える刺客が光然老師一行を襲おうとして、草蔵に密かにしたがう雑賀衆に撃退されていた。

磐音の心中に疑念が生じた。

光然老師は草蔵の丹会所設立の話を受けて、初めて動き出したのか。すでに高野山と和歌山藩の間になんぞ別の問題が生じていて、話し合いをすべき時期にあったのではないか。丹会所の設立話は、老師が動くきっかけを与えたにすぎないのではないか。

ともあれ光然老師が動いたことで粉河寺に和歌山藩の御付衆武田家の嫡男志之輔一行、根来寺の大徳《だいとく》学頭、粉河寺貫主天願らが顔を揃えての会議が始まった。雑賀衆を代表して年神様の雑賀聖右衛門が姿を見せた。

ここまで事が進行すると、もはや磐音が関わる謂《いわ》れも場もない。

根来寺から粉河寺に戻ってきた翌々日から会議が始まり、磐音の予測をはるかにこえて一日二日と続けられた。

磐音は修験道の開祖役行者《えんのぎょうじゃ》が祀られた行者堂の前庭に赴き、この日も未明から独り稽古に余念がなかった。

朝の光が射《さ》し込み始めたとき、人の気配がして、磐音は動きを止めた。

弥助だった。

「若先生、わっしはいったん姥捨の郷に戻り、おこん様に草蔵さんとの御用が長引きそうだと話して参りたいと存じますが、いかがですか」

「おこんと空也だけならば心配もする。じゃが、霧子もおれば辰平どのも利次郎どのも、さらには雑賀衆もおられるゆえ案ずることはあるまい。とは申せ、予定を知らされればおこんは安心いたそうな」

と磐音が答えながら、弥助にはなんぞ考えがあっての姥捨の郷行きではないかと思った。

「弥助どの、なんぞ懸念がござるか」

「いえね、わっしらが首を突っ込む話ではないことは承知しております。ですが、丹会所の一件だけでかように話し合いが長引くものか、いささか訝しく思うておりましてね」

「弥助どのの危惧《きぐ》はなにかな」

「室町光然老師は若先生の正体を承知でございましたな」

「奥之院での面会の際、それがしが名乗ったでな」

磐音は鷹次に案内されて初めて高野山奥之院詣でをした折り、地役人三人を無残に殺した武芸者の平賀唯助に待ち受けられて尋常の勝負をなし、磐音が勝ちを得た。

その折り、平賀の亡骸《なきがら》の始末を奥之院庫裏に願い、偽名の清水平四郎と告げていた。

　まさかかように早い機会に奥之院詣でが再び実現するとは思わず清水を名乗ったが、奥之院の指導者の一人光然に偽名のままで応対し続けるわけにはいかなかったのだ。

「いえね、わっしの考えすぎとは思うておりますがね、光然老師は若先生のことを和歌山藩との駆け引きの材料に使おうとしておられるのではございますまいか」

「弥助どの、迷われたか」

「疑心暗鬼《ぎしんあんき》にございますかね」

「光然老師はさようなお人ではあるまい」

「やはりね」

　と自らの疑心を振り払うように弥助が呟き、磐音が言った。

「この集まりが長引いておるのは、弥助どのも言われるように丹会所だけの話し合いではないからであろう」

「やはり若先生もそうお考えですか。わっしはね、思いきって千手堂の床の下に潜り込もうかと考えたんですがね、雑賀衆の面々が忍び警護をしておられ、さらには和歌山藩の家来衆が千手堂周辺の各所に立っておられますでな、諦《あきら》めました」

磐音が笑った。

「弥助どのが忍び込もうと思えば、どのような場所でも忍び込めよう。じゃが、われらに関わりがない集まりに聞き耳を立てるのを遠慮された結果、行動を起こされなかったのではござらぬか」

「過ぎた忍び根性は若先生がいちばん嫌われるところでございましょう」

「で、光然老師らがわれらの力を入り用と感じられるならば、正直に話されよう」

「で、ございましょうな。ならばわっしは空也様のお顔を見に姥捨の郷に戻って参ります。なにもなければすぐにも若先生のもとに立ち帰ります」

「弥助どの、こたびがことはわれらが意思ではままならぬ話、先方様から話があったときに考えましょうぞ」

「へえ」

と応じた弥助が行者堂を取り巻く鬱蒼とした森陰《もりかげ》に姿を消した。

この日の夕方、磐音が飽きることなく独り稽古を続ける行者堂に、草蔵が三日ぶりに姿を見せた。

「集まりは無事終わりましたか」

「いえ、もう一日かけて審議を尽くすことになりました」

「光然老師のお体は大丈夫ですか」

集まりの中でも最年長が光然老師だった。

「さすがはお若い頃、四度加行をいくたびも果たされたお方です、会議の最中は神経を張りつめておられます。ために終わった後に疲れがどっと出るようで、付き添いの坊様の背を借りて宿坊まで下がられます」

磐音はさもありなんと頷いた。

「丹会所設立を阻止する企てはなんとかまとまりそうにございます。和歌山藩の御付衆武田家嫡男志之輔様も、高野山は天下の久修練行の寺、その財政を揺るがしかねぬ幕府の方針はなんとしても止めねば紀州藩の面目が立たぬと、一応は得心されました」

草蔵の言葉には含みがあった。

「三日も集まりが長引いたのは、なにゆえにございますか」

草蔵は連日の会議で神経が疲れきっていた。だから、胸に鬱々《うつうつ》とあるものを吐き出したくて姿を見せたと磬音は感じていた。

「まず丹の一件にございますが、われら丹の鉱脈を保持していることは一族だけの秘密、門外不出の大事にございました。ゆえに粉河寺も根来寺もこのことを今まで承知していなかったのです」

そのことが二寺にどのような影響があるのか、磬音には想像もつかなかった。

「高野山領内に採掘場があることも、紀伊領内では秘密にございますか」

「こちらは頼方《よりかた》（吉宗）様の代に高野山が丹の鉱脈を打ち明け、弘法大師信仰を守る財源として黙認されていたとのことです。ために根来寺も粉河寺もなんの異存もございませんがな、雑賀衆姥捨の郷に鉱脈があって、長年利を得てきたことはどうも心外のようで、とくに根来寺の大徳学頭は、幕府の丹会所の設立より、われら雑賀衆が丹の採掘を独占してきたことを強く非難なされましてな、事が紛糾いたしました」

「どうりで長引くわけにございますな」

「ですが光然老師が、高野山金剛峯寺と雑賀衆姥捨の郷は一心同体ゆえ、お許し願いたいと頑張られまして、武田志之輔様もこれまでの丹の採掘と販売は見逃すが、今後はすべてを和歌山藩が買い取って販売する、と主張なさっておられます。

それを老師が繰り返し請願なされて、なんとか翻意していただくよう持ちかけているところです」

「姥捨の郷の採掘と販売を守るのは、難しそうにございますか」

「年神様の命で、粉河寺と根来寺には年に三十両ずつの寄進をすることで、なんとか事を収めてくれぬかと内々に交渉を始めたところですが、前途は多難です」

草蔵は言うと、
ふうっ
と一つ息を吐いた。さすがに雑賀衆を率いる男衆頭も、政の場での駆け引きに心も体も疲れ果てさせていた。

「されど明日一日、顔を揃えられるのは、いかがなわけでございますな」

「もう一つ難題がございます。こちらの一件は坂崎様にも関わりがあることにございます」

「ほう、それがしに」

磐音は、弥助が案じていたことがなにか別のかたちで降りかかってきたかと構えた。

「田沼意次様にございますよ」

「丹が紀伊領内で採掘されることを承知で、丹会所の設立を目論んでおられますので」

「丹はじかには関わりがございません」

と答えた草蔵が、

「この一件の話し合いから、私ども従者は外されて、年神様の聖右衛門様だけが出ることを許されました。根来寺も粉河寺も学頭や貫主様お一人の出席で、光然老師、武田志之輔様を加えて五人で話し合われておりますので、詳細をじかに掴んではおりませぬ。ですが、雑賀衆をあちらこちらに手配りしてございますので、なんとか筋道は分かります」

と一息入れて、

「ただ今、武田様と光然老師二人だけで話し合われておられます」

とつけ足した口調には未だ不安が残っていた。

「それほど微妙なことにございますか」

「田沼意次様のことを坂崎様に話す要はございますまい。しかし、成り行きゆえしばらく我慢して聞いてくだされ」

と前置きした草蔵が、

「ただ今の田沼意次様の権勢は父親意行《おきゆき》様から始まっております。八代将軍吉宗様が、未だ紀伊藩主でもなく部屋住みの身で主税頭《ちからのかみ》と称されていた頃に召し出されたのが、二代にわたる田沼家出世双六《すごろく》の始まりにございます。吉宗様が紀伊藩主になられると意行様は奥小姓に、そして八代将軍になられた吉宗様に同行して江戸に赴き、蔵米三百俵を拝領して、将軍吉宗様の小姓を務められました。これ以上意行、意次様親子の出世譚《たん》は語りますまい」

と一旦言葉を切った。

「紀州和歌山藩にとって田沼意次様は、紀州を足掛かりにただ今の老中上座の幕府権力者にまで上り詰められたお方なのです。和歌山には、田沼意次様は紀伊の出、藩主の僕《しもべ》という考えが今も根強く残っています。父親の意行様には紀州和歌山を敬うお気持ちがございましたそうな。ですが、江戸に生まれた意次様には格別に和歌山を敬う気持ちは薄うて、近頃では江戸城中で藩主の治貞様にもまるで家臣に対するがごとき言動をなされるそうでございます。思い上がりも甚《はなは》だしいと武田様方は立腹しておられます。ですが、泣く子と地頭には勝てぬ道理です。大寄合の春日田之輔《かすがたのすけ》様を旗頭《はたがしら》にする一派は、田沼意次様を奉じて江戸での紀伊藩の地位を守りたいと考えておられるのです。紀伊和歌山から物事を考える武田様方は和歌山門閥派と呼ばれ、春日様一派は江戸開明派、あるいは陰で江戸田沼派と呼ばれており、ただ今の和歌山城中を二分する考えにございます」

「光然老師のお命が江戸開明派に再三狙われておりますが、光然老師は和歌山門閥派に親しい関係にあるとみてよいのですか」

「どちらかというと門閥派と近しい関係にあります」

と答えた草蔵が、

「丹の一件だけなら、かように集まりが長引くこともなかった。ですが、和歌山城中に和歌山門閥派と江戸開明派があるために、なかなか物事が先に進まなかった事情もございます」

「江戸開明派の面々が、粉河寺の会議を注視しているのはなぜですか」

「どうやら田沼意次様が、家基様を亡くされた家治様の養子を選ぶ御養君御用掛に選ばれたことと関わりがある様子なのでございますよ」

家治の養子を選ぶということは、取りも直さず次の将軍の選択をなすということであり、田沼意次が家治のあとの新将軍にも影響力を保つということだった。

「田沼様が御養君御用掛を命じられたことで、和歌山門閥派と江戸開明派の間に軋轢《あつれき》が生じたのでござるか」

「どうやらその様子なのでございますよ。武田志之輔様は一応、光然老師の説得に姥捨の郷の丹採掘は認めるとの仰せですが、江戸を相手に未だ内心では採掘権を取引きの材料にと考えておられるふしがございます。今後姥捨の郷の丹がどのようになるか分かりませぬ」

草蔵は最前からの不安の種を口にした。

行者堂を囲む森がざわざわと揺れて、

「しばらくお待ちを」

と願った草蔵が森の中に姿を消した。

陽射しはすでになく、春は名のみの寒さが行者堂の前にあった。

草蔵が戻ってきた。

「武田志之輔様と光然老師の話し合いが終わったそうにございます」

と報告した草蔵が、

「明日の五者会談は中止。その代わり、光然老師お一人が和歌山に出向かれるということで話し合いがついたようにございます」

「光然老師が和歌山門閥派と江戸開明派の仲介に立たれるのでござるか」

「両派はこのところ厳しい睨み合いを続けているそうでございます。ゆえに光然老師が仲介に立たれるのは不思議ではございません」

「となれば私どももお役御免、姥捨の郷に戻れますな」

「姥捨の郷の丹の採掘に関しては宙ぶらりんのままにございます。われらとしては、この場で武田様の確約を頂戴しておきたいのです。和歌山に持ち帰られますと、藩の財政が厳しき折りから、必ずや勘定方が、姥捨の郷は和歌山領内、その領内に産する丹は藩の財源と言われるに決まっております」

と草蔵が困惑した。

そこへ光然老師の世話方として供をしてきた修行僧の一人が姿を見せて、

「清水様、老師がお呼びにございます」

と言った。

草蔵がすがるような眼差しを向けた。その眼は丹の話なれば、なんとしても老師に願って姥捨の郷の権益を守ってほしいと訴えていた。

四

新春の陽射しの中、二人の旅人が大和街道を和歌山に向かって歩いていた。一人は竹杖《たけづえ》を突いた老僧で、もう一人は塗笠をかぶった侍だった。

高野山金剛峯寺の外交を司《つかさど》る奥之院副教導の室町光然老師と坂崎磐音の二人だ。

磐音は老師の歩みに合わせて、ゆったりと歩を進めていた。そして、半刻おきに茶店などを見つけると光然を休ませ、馬子がおれば、

「老師、時に馬に乗られるのもようございましょう」

と勧めたが、光然は、

「いや、こたびの道中は自らの足で和歌山入りしたいでな、我儘《わがまま》を通させてくだされ」

と磐音に願った。

磐音は分かっていた。光然老師は高野山金剛峯寺を代表して藩外交にあたる役目を負っているのだ。また時に藩の後見役、相談役を務めてもいると思っていた。ゆえに未だ室町と俗名を使っているのだ。

粉河寺の会議は、丹の採掘場と販売権を持つ高野山と姥捨の郷にとって、中途半端なかたちで終わりを告げていた。和歌山門閥派の代表武田志之輔が、最後にきて姥捨の郷の丹の採掘と販売に拘《こだわ》ったためだ。

和歌山藩は、姥捨の郷の丹の採掘場を知らずにきた。だが、江戸幕府の丹会所

設立の動きに雑賀衆が高野山の力を頼り、この難題の解決に御三家和歌山藩の強い協力が要ると考えた光然老師が粉河寺会議を提唱し、実現した。

そこで姥捨の郷の丹が明らかになったのだ。

雑賀衆にとって江戸幕府の丹会所設立はなんとしても食い止めたい。だが一方で、和歌山藩の力を借りることは和歌山藩の財源に丹が加えられる可能性を秘めていた。ために光然老師の政治力を願ったのだ。

和歌山藩には領内のいかなる財源にも手を伸ばしたい理由があった。

安永四年（一七七五）に治貞が第九代和歌山藩主に就《つ》いたが、藩財政は窮乏の危機に瀕していた。

治貞は吉宗を見倣《みなら》い、藩財政窮乏を打開するために櫨《はぜ》や松の植林を奨め、綛糸《かせいと》の販路の拡大に努め、同時に家臣に対して質素倹約を断行し、家禄の半分を藩が借り受ける半知《はんち》を断行していた。

かような財政立て直しの最中、丹が見逃されるわけもない。

一方、高野山の聖域と内八葉外八葉の山並みに守られてきた雑賀衆姥捨の郷の丹の採掘が藩に移れば、雑賀衆の存続を保ってきた丹の利益が失われると同時に、姥捨の郷に和歌山藩の手が入り、これまでの隠れ里が消滅するかもしれぬ危機に立たされることになる。

雑賀衆にとって、

「前門《ぜんもん》の虎、後門《こうもん》の狼《おおかみ》」

動きがつかない状態に追い込まれていた。

この両者を仲介するのが高野山奥之院の副教導室町光然老師だ。だが、粉河寺会議では決着がつかないままに終わり、御付衆武田家嫡男志之輔と光然老師が和歌山城下での再度の話し合いで決着をつけることが決まり、武田一行は早々に粉河寺から和歌山に戻っていった。

光然は磬音を呼ぶと和歌山行きを告げて、

「清水さんや、そなたが拙僧に付き合うてはくださらんか」

と願った。

「いやな、高野山が雑賀衆を伴い、城下に乗り込むとなると、いささか波風も生じるでな。できることならばひっそりと城下入りして話し合い、なんとしても高野山と姥捨の雑賀衆の立ちゆく途《みち》を見つけて、静かに和歌山をあとにしたいでな」

「老師、それがし、いささか紀州和歌山と因縁のある身にございますが」

「老中田沼意次様が紀州和歌山と関わりが深いと言われますかな」

「はい」

「それも考えた。ゆえにそなたは、相州小田原藩大久保家陪臣清水平四郎として通してもらう」

と願い、

「姥捨の郷のためにひと肌脱いでくだされや」

と言い足した。

「むろん草蔵どのから丹の秘密を明かされてより、雑賀衆のためになすことあらば、なんでも働く覚悟はしております」

「正直いうて、あそこまで武田様が強く出られるとは考えもせなんだ。和歌山領内にありながら、高野山の内八葉外八葉は藩の治外にあってな、歴代の藩主も手を触れることのない聖域にござった。姥捨の郷の丹の採掘に藩が手を伸ばすということは早晩、高野山の丹にも触手が伸ばされることになる。ために長老の雑賀聖右衛門さんの考えも聞きつつ、姥捨の郷の丹を和歌山藩に渡すことを拒んできた。この際、根来寺と粉河寺の助勢は取り付けておきたい。そこで姥捨の郷の利益から年間五十両を雑賀衆が二寺に寄進することで、根来寺、粉河寺、雑賀衆の紀ノ川連合が成立した。これをもって和歌山に乗り込むのです」

話の一部は草蔵に聞いていたことだった。だが、寄進する額が三十両から五十両に増えていた。

「畏まりました」

磐音は光然の従者を受け入れざるを得なかった。

和歌山藩の武田一行が粉河寺を去った後、根来寺一行が続き、最後に雑賀衆が磐音に望みを託して姿を消した。

光然老師と磐音はさらに二日ほど粉河寺に留まり、和歌山から使者が姿を見せた翌朝、粉河寺を出立してきたところだ。

粉河から清水、根来を経て和歌山まで七里三十丁余り、光然老師の歩みを考えて途中で駕籠か馬を雇おうとしたが、光然はそれを許さなかった。

二人になって粉河寺に滞在していた二日間、老師は何処《いずこ》にか宛てて何通もの書状を認《したた》めて、飛脚に託していた。

磐音は光然老師を付け狙う江戸開明派の刺客に気を配りつつも、存分に独り稽古を行った。

大和街道は紀ノ川の右岸から左岸に越えて和歌山城下に入る。のんびりとした歩みのため、すでに新春の日も陰り、急に寒くなってきた。

「清水さんや、そなたを伴《ともの》うたには理由《わけ》がある」

と光然が言い出したのは、和歌山城の三層の天守閣が見える城下外れだった。

「草蔵さんから聞き及んでいるやもしれぬが」

「いえ、草蔵どのは粉河寺での話はなにも申されておりませぬ」

と磐音は言った。

「耳にしたとて、そなたの立場ならば草蔵さんをかばうて、そう答えざるをえまいな。それならそれでよし。粉河寺の会議がいささか長引いたには丹の他に厄介事があった」

と前置きした光然老師が語り始めた。

磐音は黙って聞くことにした。

「高野山を出て、二度ほど襲われましたな」

「雨引山と根来寺からの帰路にございましたな」

「あの者たちは和歌山で江戸開明派、あるいは江戸田沼派と呼ばれる面々でな、大寄合春日田之輔様を頭分とする一味じゃ。江戸藩邸の用人浜西丈右衛門《はまにしじょうえもん》と連携して、老中上座を任ずる田沼意次様の力を借り受けようとしておるそうな。

浜西用人は安永五年（一七七六）日光社参の年、田沼様の力を借りて幕府より三万両を借り受けた折りの功労者でな、そのときの縁で浜西用人は田沼様の力を思い知らされた様子なんじゃ。この浜西用人と春日一派に対して、新宮藩主にして和歌山本藩の付家老水野様方は、吉宗様の代に雇い入れられた田沼家は、吉宗様が八代将軍に就かれたことに乗じて出世した人間、その者が近頃本家の和歌山藩をないがしろにする所業に肚を据えかねておられる。また田沼様が藩主に向かい、横柄極まりない言動をとられることにいたく憤激しておられてな、田沼なにするものぞと考えられる水野様方は和歌山門閥派と呼ばれて、近頃なにやかにやで対立しておるそうな」

およその話は草蔵からもたらされていたため磐音も承知だった。

城下に入り、日が完全に暮れた。

光然老師は和歌山城下に日が落ちてから入ることを策してゆったりとした歩みを続けてきたか、と磐音は察した。

「清水さん、ここからは胸に仕舞ってもらう話になる」

磐音は無言で頷いた。

「家治様のご嫡男家基様が急死なされたことは、和歌山にも衝撃を与えた。清水さんは家基様の剣術指南、お亡くなりになった様子を存じておろうな」

「それがし、養父とともにあの日、お鷹狩りに微行《びこう》しておりました」

「ほう、佐々木家が密かに従うほど家基様の身辺は危うかったか。高野山にも家基様の死には田沼意次様が関わっておられるという噂が伝わっておるが、その事実はいかに」

「老師、家基様が身罷られた夜、養父佐々木玲圓と養母おえいが自裁し、佐々木道場が取り潰しにあい、その後それがしが女房を連れて江戸を離れることになった事実でお察しくだされ」

「やはりのう。驚いたのは、喪も明けぬ内に家治様が田沼様らに養子を選ぶお役、御養君御用掛を命じられたことじゃ。嫡男の死に関わる田沼意次様に次の将軍を約束された養子選びを命ずるなど、江戸には奇怪至極なことがあるものじゃな」

磐音は、武家屋敷に入り、尾行がついたことを察していた。

だが、光然老師の話は終わりそうになかった。

「まあ、高野山では奇怪至極と驚いておれば済むことじゃが、和歌山ではそうはいかぬ。田沼意次様の一存で家治様の跡継ぎが選ばれることを危惧しておられる」

「御養君御用掛は田沼様お一人ではございませぬ。若年寄酒井《さかい》忠休《ただよし》様、留守居依《よ》田《だ》政次《まさつぐ》様も田沼様と同じく御用掛に命ぜられております」

「ただ今の田沼様に若年寄やら留守居が口を挟めますかな」

「いえ、それは」

「つまりは田沼意次様お一人で決められようと和歌山では考えておられる」

「和歌山では家基様に代わるお方を考えておられるのでございますか」

「そこじゃ。水野様方は幕府の中に紀州の血を継続させるために、岩千代《いわちよ》様を推奨しておられる」

「岩千代様と申されますと」

「八代重倫《しげのり》様のご次男で明和《めいわ》八年（一七七一）六月十八日のお生まれじゃから、当年とって十歳となられた。粗暴の風評のために重倫様は三十歳で隠居を命ぜられましたがな、次男の岩千代様は実に聡明な若君でな、一を聞いて十を知る英才じゃ。なによりお人柄が寛容であられる。水野様方は岩千代様を家治様の養子にと強く願うておられるのじゃ」

「老師は岩千代様をご存じなのですね」

「奥之院に参られた昨秋、初めてお目にかかった。この方なれば和歌山藩の財政も立て直されようと思う」

光然老師が江戸開明派、あるいは直截《ちょくせつ》に江戸田沼派と呼ばれる春日らに狙われるのは、将軍家治の養子を巡って岩千代に肩入れしている和歌山門閥派の後見、相談役だからであろう。

むろん御三家の尾張も水戸も黙ってこの養子選びを見ているわけではない。吉宗が八代将軍位に就いて以来、紀州閥が江戸城を支配していたのだ。

なまこ壁が続く武家屋敷へと曲がった。おそらく和歌山城下でも中位の家臣団が住む一帯か。

光然が提灯も灯さずにすたすたと歩いていくところをみると、とくと承知の界隈なのだろう。

尾行する者たちが間を詰めてきた。

「老師、邪魔者にございますぞ」

「やはり見張られておったか」

磐音はなまこ壁の前に光然老師を案内し、その前に立って尾行者の出現を待った。

背後の屋敷は空き家か、人の気配がしなかった。

道幅二間余の左右から灯りがすたすたと歩み寄ってきた。そして、磐音を囲むように立ち塞がった。その数、十二、三人か。

「高野山奥之院の古狸室町光然じゃな」

と頭巾《ずきん》をかぶって面体《めんてい》を隠した若い声が言った。

「いかにも光然ですがな、お迎えですかな」

と磐音の背後から光然が応じた。

「坊主の本分は、お大師様の世話であろう。このまま高野山に戻られたし」

「春日の若様、それはなりませぬな。この和歌山城下にも金剛峯寺の末寺がございますでな、時に山をおりて古狸の見回りにございますよ。それもまた坊主の務めにございましてな」

「詭弁《きべん》を弄しても御坊の用向きは分かっておる。和歌山の政《まつりごと》に口を挟むでない。坊主は山に戻るがよい。紀ノ川まで送らせるでな」

「いやじゃと申すとどうなりますな、春日様」

光然は二度春日と名指ししたが、春日の若様は否定も肯定もせず、高野山に戻れと強制した。

「老人をいたぶる気はないが、藩政に首を突っ込んだ罰、痛い目に遭わせて高野山に送り届ける。となれば二本の足で歩けると思うなよ」

「お断り申しましょう」

と光然老師が答え、

「清水さん、参りましょうかな」

と磐音の背後から光然が進み出た。

「致し方ない。光然の手足を折って、城下の外に放り出せ」

と春日の若様が命じた。すると木刀を構えた数人の家臣が間を詰めてきた。

「ご城下で身分の知れたお方に乱暴を働くなどなりませぬ」

磐音が相手の闘志を削《そ》ぐように長閑《のどか》にも言いかけた。

「なんじゃ、そのほう」

「老師の連れにございます」

磐音はあくまで物静かに答えた。

「満次郎《まんじろう》様」

木刀を構えた一人が頭巾の主、春日の若様に問うた。

「用心棒なんぞを連れおって。かまわぬ、そやつも叩き伏せよ」

と春日満次郎が命じた。

尋ねた若侍の木刀の切っ先が磐音に向け直された。
磐音のほうから半歩詰めたが、刀の柄《つか》にも手はかけられていなかった。
路地に風が吹き込んできて、梅の香が漂った。
すいっ
と最後の間合いを詰めた若侍が、正眼に構えた木刀の切っ先を磐音の喉元目がけて突いてきた。
ふわり
と磐音の体が夜風に吹かれたようにその場で回転し、そのかたわらを木刀の切っ先が流れた。なぜか小脇に若侍の腕が抱え込まれて、次の刹那《せつな》、足払いをかけられた相手が、
どさり
と地べたに叩き付けられていた。そして、磐音の手には若侍の木刀が保持されて、
くるり
と回され、切っ先が江戸開明派あるいは江戸田沼派と呼ばれる面々に突き付けられた。

「こやつ、やりおるぞ。皆で押し包め！」

と春日満次郎が命じて、木刀を持参しなかった七、八人が羽織を脱ぎ捨て、刀を抜いた。

「見物じゃな」

と再びなまこ壁の下に下がった光然が呟き、

「春日の若様や、このお方、清水平四郎さんはなかなかの腕達者でな、怪我をしてもいかぬ。明日からの城務めがなりますまい。今宵はこの辺でやめにしませぬか」

と呼びかけた。

「高野山奥之院の副教導と聞き、生ぬるい応対をした。もはや容赦はいらぬ。二人とも足腰立たぬように痛めつけよ」

「おうっ！」

と応じた木刀組の中から二番手が仕掛けてきた。

正眼にゆったりと構えた磐音の木刀に対して、渾身《こんしん》の力を込めた一撃で面を打とうとした。だが、直心影流尚武館佐々木道場の後継だ。

ふわり

と木刀を合わせると、相手の一撃の力が吸い取られたかのように勢いを失い、反対に横手に弾かれたついでに肩口を叩かれ、腰砕けにその場に転がった。

「押し包め、命じたぞ」

春日満次郎の苛立った声がして、木刀組、真剣組が一度に磐音に押し寄せてきた。

道幅二間余のせまい空間だ。多勢の利点は削がれ、衆を頼む攻めの欠点だけが見えた。磐音はその場に木刀や真剣を叩き落とし、胴を、腕を、太腿を、小手を的確に捉《とら》えて、一瞬の裡《うち》に半数の者を武家屋敷の地べたに転がした。

ゆったりとした動きのようで、いつ己が襲われたか分からないままに倒されていた。

「おのれ」

春日満次郎が羽織を脱ごうとするのを、もう一人の覆面の武士が、

「今宵は引き揚げじゃ。いささか光然の用心棒を甘く見たわ」

と言うと、

「頼りにならぬ者どもかな。退《ひ》け退け」

と命じ、自らさあっと闇に姿を消した。

磐音に叩かれた面々も必死の形相《ぎょうそう》で逃散し、春日満次郎だけが残った。

「清水平四郎と言うたか、この次はそれがしが相手じゃ。覚えておけ」

とお定まりの捨て台詞《ぜりふ》を残して仲間たちの後を追った。

「清水さんや、他愛のうて汗も掻いておるまい」

と満足げに笑った光然が、

「もうすぐじゃからな、参りましょうかな」

と磐音を案内するように歩き出した。

第四章　雹の迷い

一

京の蛸薬師《たこやくし》南角に、家康の御用商人であり、細作《さいさく》を務めた茶屋四郎次郎清延《きよのぶ》の旧邸の跡地が茫漠と広がっていた。

田沼意次の愛妾《あいしょう》神田橋のおすなの意を受けた雹田平《ひょうでんぺい》は、江戸から直心影流尚武館佐々木道場の後継佐々木磐音、刈谷の称名寺《しょうみょうじ》の住職涼念《りょうねん》の忠言により旧姓坂崎にもどした磐音とその一行を何度か追い詰めてきた。

だが、そのたびにするりと逃げられたり、反撃を受けたりと、仕留めることができずにいた。

だが、雹田平の依頼を受けたおすなが田沼意次の用人井上寛司《いのうえかんじ》を尾張藩江戸上屋敷に遣わし、江戸で取り潰しにあった佐々木一族の後継を匿うことはいささか不本意なりと遠まわしに脅《おど》しをかけたことで、坂崎磐音一行を尾張から出すことに成功した。

一行は尾州茶屋家の手助けで名古屋を出て、海路芸州広島に向かったかにみえた。だが、霞田平を出し抜くように尾張領内で船を下り、山越えで琵琶湖畔《こはん》まで出ていたのだ。

霞は、坂崎磐音一行が尾州茶屋の助けを借りて領内で船抜けをした以上、最後に頼りにするのは京の茶屋本家と、芸州広島まで徒労の旅をした末に思い至り、急ぎ京へと戻ってきた。

だが、小川通出水《でみず》上ル下長者の茶屋本家にも、北白川瓜生山《うりゆうざん》、広大な山を別邸にした、

「茶山《ちゃやま》」

にも、一行が潜んでいる気配はなかった。

ここで坂崎磐音一行の痕跡は杳《よう》として途絶えた。

坂崎磐音の女房おこんが身重《みおも》である以上、そう遠くには逃げられまいと霞田平は考えていた。

いずれこの京に姿を見せる、ために茶屋本家の周辺を見張るべく雹は、下長者の破《や》れ寺杢蔵寺《もくぞうじ》に拠点を定めて気長に一行が京入りするのを待ち受ける体制を整えた。

系図屋雹田平の卜《ぼく》は過去に遡《さかのぼ》り、江戸を逃れた磐音がどこに向かうか、佐々木一族の菩提寺の一つ、刈谷城下の称名寺を突き止めるまでは順調だった。

その後、刈谷から尾張に向かう一行には、雹の追跡を考慮しているふしは一切なかった。尾張城下に向かい、札の辻近くの聞安寺《ぶんあんじ》の長屋を借り受けた一行はこの地でおこんのお産をするかと推測をつけた。

(よし、この尾張名古屋が坂崎磐音の終焉《しゅうえん》の地)

と仕掛けを始めた。

その最中、偶然にも磐音とおこんが尾州茶屋中島家と知り合い、番頭の口利きで尾張藩と関わりを持つようになって、雹田平の企ては狂い始めた。

御三家尾張は、清水平四郎が江戸神保小路の直心影流尚武館佐々木道場の後継佐々木磐音、ただ今は坂崎と旧姓にもどして逃走を続ける人物と知っても、藩道場の出入りを許したばかりか、客分ながら、

「師範」

として遇《ぐう》し始めた。

雹田平もおいそれとは手出しができない牙城《がじよう》に、坂崎磐音ら一行は身を潜めたことになる。

尾張の地を離れさせるために藩道場に刺客を送り込み、田沼意次の意志を伝えた。さらに江戸のおすなの力を借り受けて、なんとか、

「尾張放逐」

となったかに見えたところで坂崎磐音一行の痕跡は掻き消えたのだ。

雹田平は知るかぎりの秘術を尽くして卜を試みたが、影も摑めなかった。

京という地は、周囲を山に囲まれ、各宗派の寺や神社が無数にあってその神社仏閣が醸し出す言霊《ことだま》や霊気や怨念が雹田平の卜の邪魔をしていた。

京近くの寺か神社に籠り、霊気に護《まも》られて潜んでいるという考えに揺らぎはなかった。

尾州茶屋の本家を頼るはず、これは雹の確信だった。

雹田平は蛸薬師の茶屋家旧宅の跡地を離れて、小川通出水上ル下長者の茶屋家本店に向かった。

これまで、茶屋家に関わりがある地、呉服屋の表看板を掲げる下長者の店、北

白川の別邸、それに茶屋本家の菩提寺、家作《かさく》などあらゆるところを繰り返し訪ね歩いた。

本日も、旧邸のあった蛸薬師になんぞ手掛かりがないかと、訪ねたところだった。この京歩きが霞の日課になっていた。

「お頭」

人込みの中から針糸売りのおつなが姿を見せて、神主《かんぬし》姿に扮《ふん》した霞田平に呼びかけた。

数日前より比叡山延暦寺《ひえいざんえんりやくじ》に派遣して京の都を取り巻く寺々を調べさせていたおつなだ。

「その顔を見れば答えは分かった。あやつらが延暦寺をはじめ、比叡の山々の寺や神社に潜んでおる気配はないようじゃな」

「おこんが子を生してもよい時節にございます」

「もはや生まれていよう」

「ですが、どこにもそのような気配を感じませぬ」

「この都のどこかに四人の主従は潜んでおると目星《めぼし》をつけたのじゃが」

「お頭、京には一昨夜戻っておりました」

とおつなが言った。

「うむ」

雹田平がおつなの顔を見返した。

「お頭には止められておりましたが、お叱りは覚悟で下長者の茶屋本家に潜り込んでみました」

「茶屋は将軍家ともつながる細作の屋敷じゃぞ」

「この命を捨てる覚悟にございました」

とおつなが言った。

雹田平もおつなも、坂崎磐音らが姿を消したことに焦りと苛立ちを感じはじめていた。このようなときこそ、細心の注意が要ると分かっていたが、一介の剣術家の行動に掻き回される腹立ちがおつなに無理をさせたようだった。

「おこんがお産をなしたならば産婆の出入りがあってもいいはずじゃ。医者が訪ねた様子もない。まずあそこにはおるまい」

二人はすでに下長者の茶屋本家の堂々たる店構えを望むところに歩み寄っていた。

「いえ、あの者たちがいるとは最初から考えておりませぬ。もしかしたら茶屋の番頭の言動に注意すれば、ひょっとして坂崎磐音が潜む場所の手掛かりが知れるやもしれぬと考えたのでございます」

「してなんぞ摑めたか」

おつなが顔を横に振った。

「はっきりとしたことは茶屋本家でも知らぬ様子、坂崎一行が姿を見せぬことに訝しさを感じて、名古屋の尾州茶屋と頻繁に文を交わしているという一事のみを探りえました」

雹田平はしばらく沈思したまま、おつなと茶屋本家の前に差しかかった。

角店の間口は二十七間と三十六間におよび、京の細い間口の造りとは異にしていた。それが茶屋本家の京における地位を示していた。

だが、雹田平もおつなも店先に視線を巡らすことはない。

雹田平は歩きながら神経を研ぎ澄ませ、気を高めた。だが、この屋敷内に坂崎磐音一行が踏み入った気配はかけらもなかった。

「いかにもおらぬな」

茶屋として知られる中島一族初代茶屋四郎次郎清延は、三河の出とも山城《やましろ》の生まれとも言われる。一族が天下に名をなすきっかけとなったのは、本能寺の変の際にとった四郎次郎清延の決断だ。折りから堺に滞在中の家康に京の変事を急報して、家康一行を導き、のちに、「神君伊賀越《しんくんいがごえ》」と徳川史に語り継がれる逃避行の末に伊勢白子浜まで案内して、海路三河に無事連れ戻した功績により、御用商人の看板を得た。

さらに四年後、天正十四年（一五八六）、茶屋屋敷で上洛した家康に謁見《えっけん》し、茶屋屋敷を譲り受けた。

この茶屋の屋号だが、四郎次郎清延の父の代、足利義輝が中島屋敷を訪れた際、茶を供したことに由来する。

以後、家康の命で、三男に尾張徳川家の御用商人として呉服商尾州茶屋を許され、同時に東海道を行き交う人々がもたらす情報を集める細作、密偵の任も帯びた。

京の茶屋本家の中島清延は、角倉了以《すみのくらりょうい》、後藤庄三郎《ごとうしょうざぶろう》とともに徳川初期の三代長者と呼ばれる。

だが、京の茶屋本家は、寛永《かんえい》年間（一六二四〜四四）、徳川幕府が日本人の海外移住や渡航、交易を禁じた鎖国政策とともに全盛期の勢いを失っていた。

堂々たる店構えだが、茶屋本家に往年の勢いはない。それでも京では、

「呉服は茶屋本家でのうてはあきまへん」

という馴染みの客を数多《あまた》持っていた。そのことを、店の前を通過しながら雹田平とおつなは改めて感じとっていた。

「お頭、茶屋本家の大番頭は八右衛門《はちえもん》という老人ですが、帳簿を調べる折りや独りになったときにぶつぶつと呟く癖がございまして、奉公人に大番頭様の独り言は掛け値なしに本心や、と恐れられております」

「ほう」

「大番頭が厠《かわや》にしゃがんで長い用便をたすとき、洩らした言葉がございます。『尾州茶屋の三郎清定はんは、ほんまに坂崎さんたらいう一行をうちに送る手はずをつけたんやろうか。近頃、呆《ぼ》けなさったのではおまへんかいな。騒がすだけ騒がしといてどういうことやろか、おかしな話やて』と呟くのをたしかに聞きましてございます」

「名古屋の尾州茶屋を見張らせた者の報告とも一致する。坂崎磐音らが茶屋家の縁を頼るのを自ら拒んだのはたしかなことよ」

「お頭、われらの考えを出し抜いて、密かに江戸に戻ったということはございま

せんか」

「そのことも考えぬではない。ならば、今津屋なりおこんの親なり、朋輩のところに連絡《つなぎ》を付けよう。その様子があれば必ずや網にかかる。そして江戸から知らせが届こう」

「やはり山城一円に隠れ潜んでおりますか」

「人を潜ませるには人込みがいちばんよかろう。となれば、この界隈では京か大坂じゃな。大坂の豊後関前の蔵屋敷には坂崎磐音が立ち寄った様子はない。それどころか、実の親でもある国家老の坂崎正睦《まさよし》から、佐々木磐音が旧藩を頼ることは万々あるまいが、もしさようなことが起こったならば、決して門内に一歩でも立ち入らせてはならぬという厳しい沙汰《さた》が回ってきておるそうな。となると縁があるのは尾州茶屋の筋しか考えられぬ」

「茶屋本家にその気配はございませぬ」

おつなは同じ意の言葉を呟いた。

「どこぞ、われらが摑んでおらぬ長屋か旅籠に潜んではおらぬか」

「お頭、京じゅうの旅籠、長屋をあたるとなると、かなり手間がかかります」

「いや、坂崎はわれらが京に目をつけることを考えに入れて動いておるのだ。われらが諦め、京の地を去ったときを狙うて茶屋本家に姿を見せると踏んだ」

「長い見張りになります」

「根負けしたほうがこの勝負を失う。じゃが手を拱《こまね》いて待つばかりでは能がない。おつな、明日から三七《さんしち》二十一日のお籠りをいたす。酒、塩、魚、野菜、水を用意してくれぬか」

「身を削られますすか」

竈田平の最後の手立ては、二十一日にわたる絶食不眠の行だった。

餓えと睡眠不足は竈の神経を研ぎ澄まし、空間と時を超えて追跡者の行動を告げてくれる。その代わりに竈の痩身《そうしん》はさらに骨身だけになった。

「この竈田平の意地にかけても、あやつが今潜みおるところを暴き出さぬことには面目が立つまい。おすな様にも申し開きができぬし、われらの懐も潤わぬでな」

「承知しました」

とおつなが竈田平のかたわらから消えた。

茶屋本家では大番頭の八右衛門が厠にしゃがんでいた。

「茶屋をなめてくさるな、唐人め。そなたらがこの十日余り、こちらを窺う様子を知らいでか」

と言うといきばった。

「ふうっ、歳はとりたくないものや。なかなかおいどがいうこと利きまへん。すっきりとさせて、厠を出たいものやがな」

と呟くと廊下の向こうに足音がした。

(だれぞ厠を使う気かいな。奉公人が日のあるうちにのうのうと厠を使うやなんて、なにを考え違いしておるんやろ)

足音が厠の数間前で止まった。

「大番頭様」

「丁稚《でっち》の梅吉《うめきち》かいな。厠はわてが使《つこ》うとります」

「分かっております」

と鼻でも手で押さえたような声で返事をした。

「ならばなんだすな」

「江戸から書状にございます」

「どなたはんからや」

「江戸米沢町両替屋今津屋さんからにございます」

「なに、今津屋はんが文をくれはったんかいな。京とは反対に東海道を下っていかれたんやろか。しばらくお待ちなはれ。あとでな、文は読ませてもらいます。なんとかこっちの都合をつけんことには気分が悪いがな」

と呟くのを聞いた丁稚の梅吉の足音が急ぎ遠ざかっていった。

「まあ、よろしおした。坂崎さんたらご一行が江戸に帰ってはったんなら、えらい人騒がせどした」

と呟きながらも八右衛門は四半刻も厠に留まって、なんとか用を足した。

「あかん、足が痺れて立ち上がれまへんがな。どないしょう」

廊下をよろよろと柱やら障子にすがりながら、なんとか帳場格子の席まで戻ってきた。

「大番頭はんがお戻りや。梅吉、江戸からの書状を差し上げてな」

一番番頭の文蔵《ぶんぞう》があらためて丁稚に命じた。

店先の端でこよりを縒《よ》っていた梅吉が、

「大番頭様、赤い顔でよろよろしてはる」

と言いながら八右衛門に書状を差し出した。

「ちょっと待ちなはれ。私がな、おざぶの上に腰を落とした頃合いに差し出すのが、奉公人の心遣いちゅうもんやおへんか。まだわては中腰でおます」

ぶつぶつ文句を言いながら、ようやく座布団の上に茶屋本家の店を仕切る八右衛門が腰を落ちつけた。

「さあて、丁稚はん、頂戴しましょ」

とようやく書状を手にした八右衛門は表書きに朱字で、

「火急」

と添え書きのあるのを見て、自分の考えが当たったなと思った。

坂崎磐音様と腹ぼての内儀はんは、予定を変えて江戸に戻ったのだ。それで夫婦の後見たる今津屋が詫び状を認《したた》めてきたようだと思った。

眼鏡をかけて達筆な表書きを読み、裏を返すと、

「江戸米沢町両替屋今津屋老分由蔵」

とあった。

「ほうほう、今津屋はんは上方の出かいな。老分やなんて江戸ではえらい珍しおすな」

と呟きながら封を披いた。

「なになに、一筆取り急ぎ、京茶屋本家大番頭八右衛門様に参らせ候。こたび坂崎磐音様、おこんさん、及び供の者が茶屋本家に世話になる算段を尾州茶屋大番頭中島三郎清定様から願われた一件にて、申し上げ候。

江戸にても、坂崎様方一行が尾張名古屋より京の茶屋本家を頼られていくものとばかり思うておりましたが、尾州茶屋の三郎清定様が丁寧にもお報せ下さり、なんと途中から予定を変えてどこぞに行方を絶たれたとの由。

なんとも不可思議な坂崎様方の行動にございますが、磐音様の人柄、深慮を知る私、つくづくと考え、独り得心致しました次第を書き送りまして、ご理解のほどを私からお願い申し上げ候」

と黙読した八右衛門は、

「わての考えと違いましたんかいな。三郎清定はんもえらい気を遣《つこ》うとられたが、なんやら曰くがあってのことかいな」

と呟き、黙読を再開した。

「坂崎磐音様は豊後関前藩の国家老正睦様のご嫡男にございますが、藩内紛の責めを自ら取られて藩を抜けられ、江戸に独り戻って参られたお方に候。剣の道を志し、直心影流佐々木道場に再入門なされ、剣一筋に励まれた結果、佐々木玲圓先生の養子に乞われて道場後継に就かれると同時に、西の丸家基様の剣術指南として江戸城に出入りなされたお方に候……」

と途中から思わず声に出して書状を読んでいた八右衛門が、

「なんやら事情があると思うとりましたが、坂崎磐音様とは家基様の剣術指南やったんかいな。養子に入られた佐々木家はうちと同じゅう徳川様のために影奉公をしてきた家系と聞いておる。たしか佐々木玲圓様は家基様に殉死なされたと聞いたが、その後継はんやったんかいな。田沼意次様が目の色変えて探しまわるはずや。えらい人をうちは迎え損ねたと違いますか」

と早口で呟き、

「八右衛門様、この由蔵考えますに、慎重なる気性の坂崎磐音様がすぐに名古屋から京に向かわなかったのは、田沼様の刺客が京のご本家に目をつけるであろうことを考え、間を置かれたと察し居り候。決して茶屋本家頼りにならずなどと考えられたせいではなきことに御座候。坂崎磐音様方は田沼の刺客の見張りが解ける時節を探り、京に向かわれるものと推察いたし居り候。どうか、その節は快くお迎え下さるよう江戸の人士を代表して今津屋老分由蔵、お願い申し上げ候」

と最後まで読み切った。それから、

「坂崎磐音様、この京の茶屋本家に直行なされなかった考え、ご賢察にございますぞ。田沼の刺客どもが諦めた時分にぜひともお立ち寄りくださいましな。その旨、江戸に知らせておきましょうかな」

と書状を巻き戻すと硯箱《すずりばこ》の蓋《ふた》を開いた。

二

この日、麴町《こうじまち》平川町の学問所勤番組頭椎葉弥五郎の門前に乗り物が入った。陸尺看板と呼ばれる、長袖に肩から模様のある法被《はっぴ》を着た二人が担ぎ、もう一人陸尺を従えていた。

そして、そのかたわらには春らしい小袖羽織袴を着用した品川柳次郎が従っていた。

お有は品川柳次郎が父の弥五郎に面談を申し込んでいたのは知っていたが、たれぞを伴うとは知らされていなかった。

玄関先に出迎えたお有と母の志津《しづ》は言葉を失い、

「柳次郎どの、どなた様を伴いなされた」

といつものゆったりとした口調を忘れた志津が、性急に質した。

御目見格《おめみえかく》とはいえ百六十石の椎葉家だ。このような立派な乗り物の主を迎えたことはなかった。

「御典医にして蘭医《らんい》の桂川甫周国瑞《かつらがわほしゆうくにあきら》様にございます」

「柳次郎様、うちには病人などおりませぬ」

お有が当惑の表情で言った。

「いえ、それがしが桂川先生にお願いして、椎葉家に同道していただいたのです。御医師としての椎葉家訪問ではございません。いささかお頼みの儀がございまして桂川先生にご足労願いました」

と柳次郎はあくまで平然としていた。

事情が分からないまま、奥の弥五郎に知らされると、柳次郎一人が内職の問屋帰りに姿を見せるものと考えていた主は普段着を慌てて脱ぎ捨て、高名な御典医の四代目に対面すべく外着の小袖に着替えた。

廊下に来訪者の気配がして、柳次郎が桂川国瑞を伴ってきた。

「突然の医者の訪《おとな》い、驚かせてしまいましたね。下城途中にございますので、薬箱持ちらは屋敷に帰しましたが、かような形《なり》で徒歩《かち》でも参らずお許しください」

と国瑞が城中見舞いの折りに着用する召し物を見せて磊落《らいらく》に笑い、居間に通った。

「桂川家といえば、初代の甫《ほ》筑邦教《ちくくにみち》様から蘭医として名高き家系、御父上の三代目甫《ほ》三国訓《さんくにのり》様も甫周国瑞様も将軍家にお仕えの御典医、わが陋屋《ろうおく》にいかなる仔細《しさい》で見えられたものか」

弥五郎は未だ落ち着きを失ったままだった。それでも、

「奥や、茶を頼む」

と気持ちを鎮めようと志津に命じたが、

「あいや、奥方様もお有様もこちらにて私の話を聞いてくだされ」

と国瑞が願った。

「柳次郎様、たしか桂川先生と尚武館の若先生はご交誼《こうぎ》がございましたね」

「お有どの、覚えておいでか。本日、それがしが桂川先生にご足労を願《ねご》うたのは坂崎さんと関わりのあることにございます」

お有は、柳次郎が暮れに届けた春物の小袖と羽織袴姿であることに初めて気付いた。

「若先生方になんぞ異変がございましたか」

「いえ、数日前、さるお方を介して、それがしのところに坂崎さんから書状が届きました」

「坂崎様もおこん様もお変わりございませんね」

とお有がそれを案じた。

「今頃はお二人の間にやや子が生まれた頃かと存じます」

「柳次郎様、安心いたしましたわ。それにしても書状と桂川先生の訪問が坂崎様とどんな関わりがございますので」

「大いにございます」

と首肯した柳次郎が、磐音から届いた詫び状の内容をここで告げた。

「なんと、旅先から私たちのことまでお気遣いくださったのですか。なんとも有難いことにございます」

柳次郎の対応は、おのずとお有に向けられた。

椎葉弥五郎も志津も、桂川国瑞の訪問の理由が未だどうしても実感できていなかったからだ。

「舅《しゅうと》どの、姑《しゅうとめ》様、坂崎どのは仲人役を親しい桂川先生に願われて、それがしが一日も早くお有さんと所帯を持つことを勧めておられます」

と柳次郎が言うと、お有の顔に喜びが走った。むろん磐音の文にはそのような具体的な指示が認《したた》められていたわけではない、

「しかるべき方に仲人を」

と記してあっただけだ。

この書状を見せられた今津屋の老分番頭の由蔵が吉右衛門と相談の上、一計を案じ、坂崎磐音の代役を桂川国瑞と桜子《さくらこ》夫婦に願うことを考え出したのだ。それは弥五郎が尚武館のお取り潰しなど一連の騒ぎに動揺して、お有を北割下水の貧乏御家人の家になど嫁に行かせられないと言い出したことと関わりがあった。その考えを封じるために、仲人を桂川家に願い、早々に決着をつけようと考えたのだ。

柳次郎から相談を受けた日、由蔵は柳次郎を伴い、駒井小路を訪ねて、正直に桂川夫妻に願ったのだ。すると話の途中まで聞いた桜子が、

「おまえ様、磐音様おこん様の代役です。私どもでお役に立てることならば、ぜひ務めさせていただきましょう」

と言い出し、国瑞も一も二もなく快諾した。柳次郎は一応、

「桂川先生、うちはご存じのように北割下水の貧乏御家人ですぞ。われらの仲人など役不足も甚だしい、桂川家の名に傷がつきませぬか」

と案じた。だが、国瑞は意に介さず、

「品川さん、そなたとは知らぬ仲ではありますまい。また尚武館の若先生は桜子と私を結びつけてくれた縁結びの神様のごとき人物です。坂崎どのの代役なれば喜んで、この桂川甫周、務めさせていただきます。桜子も同じ考えにございましょう」

とあっさりと押し切り、桜子も首肯した。

その結果を受けて、城下がりの国瑞と合流した柳次郎が案内するかたちで今日の椎葉家訪問になったのだ。

弥五郎の目玉がぐるぐる回り、高名な御典医桂川甫周国瑞が仲人を務める損得をあれこれと思案する様子があった。

「わが椎葉家は禄高百六十石の学問所勤番組頭にすぎませぬ。桂川先生に仲人を願う家柄ではございませぬがな」

と思案がつかぬのか、そう言った。

「椎葉様、先にも申し上げましたが、私ども夫婦は坂崎磐音どのとおこんさんの代役を務めるのみ、家格がどうのこうのはこの際、お捨ておきくだされ。柳次郎どのには申し上げたが、私とわが女房桜子の月下氷人を実際に務めたのは磐音どのにござってな、こたびのことは磐音どのとおこんさんへの恩返しにござればぜひとも務めさせてくだされ」

と将軍家治の御典医に願われれば、もはや椎葉弥五郎とてなす術《すべ》もない。

「桂川先生、ぜひよしなにお願い申します」

弥五郎、志津、お有と椎葉家の親子が頭を下げた。

「坂崎磐音どのが江戸におられるならば、昨秋に祝言を済ませていたはずと柳次郎どのにお聞きいたしました。ご存じの事情で仲人が江戸を離れたゆえ祝言が遅れ、仕切り直しになりました。改めてお訊きします、椎葉家ではいつ祝言の儀をお考えにございますか」

「桂川先生、私は明日でもようございます」

とお有が即答し、

「ほっほっほ、娘としたことが大胆にもほどがございましょう。犬猫ではありませんよ、お有。いくらなんでも明日は早《はよ》うございますよ」

おっとりとした口調を取り戻した志津が応じ、

「こればかりは、当人二人や両家のことより、ご多忙な桂川先生のご予定はいかがにございますな」

と弥五郎が問うていた。

「こちちに参る道々、柳次郎どのとも話し合いました。善は急げ、めでたいことは急いでもようございましょう。ひと月のちの、二月初午《はつうま》あたりではいかがにございますな」

弥五郎が志津の顔をちらりと見返り、志津が頷くのを見て、

「品川家はどうじゃ」

「母は、いつなりともと申しておりました」

と柳次郎が満面の笑みで答えた。

「ご両家様、おめでとうございます」

桂川国瑞が祝意を述べて、ここに品川柳次郎と椎葉有の仲人が坂崎磐音、おこん夫婦から桂川甫周国瑞と桜子に代わった。

柳次郎とお有は麹町平川町の椎葉家から桂川国瑞の乗り物に従い、駒井小路まで送り、桂川家の玄関前で桜子に礼を申し述べた。

柳次郎は尚武館に稽古に訪れた桜子と顔を合わせていたが、お有は初めてだった。お有は心から礼の言葉を述べると、

「本日、柳次郎様が桂川先生をわが家に伴われるなど聞かされておりませんでした。先生には粗茶を供しただけ、また、かようにご挨拶に伺いながら手土産《てみやげ》の一つも持参しておりませぬ。改めて柳次郎様とご挨拶に伺わせていただきます。その折り、本日の非礼をお詫びさせてくださいまし」

と願った。

「お有様、私どもは坂崎磐音様、おこん様を通しての心安い友にございましょう。改めてのご挨拶やお礼など世間の仕来りは忘れて、向後《こうご》長いお付き合いをお願い申します」

と桜子に言われたお有は感激した。

桜子は因州《いんしゅう》鳥取藩の重臣、織田宇多右衛門《おだうたえもん》の息女であり、鳥取藩の内紛にからんで男装姿で国許《くにもと》から江戸藩邸に密書を届ける役を仰せつかったこともあった。だが、江戸藩邸を目の前にして敵方に囲まれ、あわや一命をというときに磐音に助けられていた。世間で、

「お姫様」

と呼ばれてよい出であった。桂川甫周国瑞との交際も磐音を通じてだ。

子供も生まれ、じゃじゃ馬姫の桜子もしっとりとした色気と貫禄を身体に滲ま

せていた。

玄関先で辞去する二人に桜子が、

「磐音様とおこん様は、どこをどう旅しておられるやら」

と呟いたものだ。門前に向かいかけた二人が足を止めて、柳次郎が、

「桂川先生、坂崎さんとおこんさんには元気な跡継ぎが誕生していますよね」

と尋ねた。

「磐音どのもおこんさんも身体壮健、何事にも動じない気持ちの持ち主です。なにより他人を惹《ひ》きつけてやまぬお人柄ゆえ、どのような地でお産をしようと必ずや周りの方々が手助けをして、元気なお子が生まれておりますよ」

と断言した。

「桂川先生の言葉を聞いて安心いたしました」

改めて礼を述べると、柳次郎とお有が桂川家から辞去した。その幸せそうな後ろ姿を見ながら、桜子が、

「あのお二人も坂崎磐音様が江戸に残された大事なお仲間にございますね」

と呟いたものだ。

「佐々木玲圓先生、おえい様、速水左近様、さらには坂崎磐音、おこんさん夫婦

と、われらが大事な知り合いやら友がどなたかのために江戸から消えていかれた」

「おまえ様、家基様をお忘れです」

「桜子、生涯忘れるものか」

と答える沈んだ口調は、国瑞の打撃が少しも癒《い》えたわけではなく、ますます心の奥に沈潜《ちんせん》してあることを示していた。

「本日はめでたい話のお役を受けた日ゆえ、柳次郎どのには申し上げられなかったが、西の丸で家基様の御側近くに仕えられた依田鐘四郎《よだかねしろう》様が御役御免の沙汰を受けられたという話を城中で耳にした」

「依田様にまで田沼意次様は容赦なき手を加えられますか」

「長らく尚武館佐々木道場の師範を務められ、人柄と剣術の腕前を見込まれて依田家に婿《むこ》養子に入られた方。忠義一筋に家基様にお仕えしただけじゃがな」

「過酷にすぎます」

「ああ、情け容赦なき処断かな。田沼様は、家基様に幕藩体制の改革を夢見られた人々を根絶やしにするつもりじゃ」

「家基様が亡くなられてそろそろ一年が巡ってまいります」

「歳月が過ぎゆくのは早い。じゃが、田沼様の妄執《もうしゅう》は留まるところを知らぬ。江戸にこうして残ったものはまだ愚痴を言う相手がおるでよい。あてなき旅の磐音どの、おこんさん方は、田沼派の刺客に繰り返し見舞われながらの一年じゃぞ。心休まる日もなかろう。お辛《つら》かろうと思うとな、言葉もない」

玄関先で西に傾きかけた陽《ひ》を浴びつつ国瑞と桜子は、二人の消えた門前を見ながらいつまでも佇《たたず》んでいた。

柳次郎とお有は、駒井小路から柳原土手におりて、米沢町の今津屋を訪れようとしていた。

お有は思いがけないかたちで仲人が決まったため、上気した気分で、このまま柳次郎と別れて屋敷に戻る気にはなれなかった。屋敷に戻ったならば、弥五郎が待ち構えていて必ずや、

「桂川甫周国瑞」

の品定めをすると思ったからだ。娘の仲人が今後の椎葉家にどのような影響をもたらすか、延々と喋《しゃべ》るのは分かっていた。そこで柳次郎に、

「私どものことを案じてくださっている今津屋様にお礼に伺うのが礼儀ではござ

いませんか」

　と言い出したのだ。

「いかにもさようであった、お有どの」

　といささかお有と椎葉家を騙したような気がしていた柳次郎は、二つ返事で賛成した。そこで麴町平川町に送っていく予定を変えて、今津屋を訪れたというわけだ。だが、その前にお有の発案で、神田川に架かる新《あたら》シ橋を渡り、橋際に、

「大名御用菓子舗加賀越後《かがえちご》」

　の看板を掲げる加賀越後に立ち寄り、名物の二口《ふたくち》加賀と名付けられた菓子を折りにしてもらい、米沢町に分銅《ふんどう》看板を掲げる今津屋を訪ねた。

　折りから店仕舞いの刻限が近づき、明日の商いのために釣り銭の交換に来た振り売りらでごったがえす店の中で、独り物思いに耽《ふけ》っていた風情の由蔵が来訪者に気付いて言った。

「おや、お二人で見えられたということは、新しい仲人様が決まりましたかな」

　と二人に笑いかけた。

「お察しのとおり、本日桂川甫周先生に同道願い、椎葉家を訪ねて、舅どのに新しい仲人を認めていただきました」

と大きく首肯した由蔵が、頭を下げて礼を言いかけようとする二人を制して、

「ささっ、奥へお通りくだされ」

と三和土廊下の奥の内玄関へと招いた。

今津屋の奥では、お佐紀《さき》が他出から戻った吉右衛門に何事か話しかけようとしたところに、由蔵が柳次郎とお有を案内して、

「旦那様、お内儀様、しばらくお時間を頂戴しとうございます」

と姿を見せた。

「おや、品川様。お連れの方は椎葉有様にございましたな」

と如才《じよさい》のない吉右衛門が応じて、

「品川様、お有様、ようこそお訪ねくださいました。ささっ、こちらに」

とお佐紀も声を揃えた。

すると奥向きの世話をするおはつが客人二人と由蔵に座布団をたちどころに運んできた。

おはつは縫箔《ぬいはく》職人の修業に出たおそめの妹だ。大所帯の奥向きの日々に慣れて、動きに無駄がなくなっていた。

「本日、桂川先生が椎葉家を訪ねられ、椎葉家では坂崎様に代わる仲人として、桂川先生にお願いなさったそうにございますぞ」

「それはめでたい」

「品川様、お有様、おめでとうございます」

江戸有数の分限者《ぶげんしゃ》夫婦に祝いの言葉を述べられて、

「いえなにその」

と柳次郎は言葉がなかなか出なかった。一方、お有は加賀越後の菓子折りをお佐紀に差し出しながら、

「大旦那様、お内儀様、わが椎葉家はようやく御目見の端に加わった直参《じきさん》にございますれば、家治様の御典医桂川様の仲人など、坂崎様のお口添えがなければ、とても務めていただける身分ではございません。坂崎様には感謝してもし尽くせませぬ」

と応じていた。その言葉を聞いた柳次郎が小鬢《こびん》を掻きながら、

「お有どの、正直申すとな、若先生の書状には桂川先生に願えとは記してなかったのだ。それがしが書状を携えて、こちらに伺い、老分どのに相談すると、吉右衛門様と奥で話し合われたあと、桂川先生に仲人をとなったようなのだ。だが、

それがし、老分どのに連れられて桂川邸の門前に立つまで、まさか桂川先生がわれらの仲人とは知らなかった」

と内情を暴露した。

「まあ」

と言葉を失ったお有だがすぐににっこりと笑い、

「いえ、坂崎様はきっとこのことを見通して、書状を柳次郎様にくださったんですわ。そうでございましょう、お佐紀様」

「もちろんですとも。私どもが夫婦になるきっかけも、ここにおられる老分さんと坂崎様の仕掛けとお知恵にございます」

「桂川先生と桜子様も同じようなことをおっしゃいました」

「坂崎磐音という御仁、剣の達人であるばかりか、身分上下に関わりなく人と人を繋ぐ名人上手にございますな」

と吉右衛門が言い、その言葉を聞きながら由蔵は、

(許婚の奈緒様と結ばれなかった運命《さだめ》)

があのようにも心優しい剣者を作ったのだと胸の中で考えていた。

「老分さん、本日は私たちで宴《うたげ》をいたしませぬか。理由は二つございます」

「お二人の仲人が決まったことと、坂崎様とおこんさんのお子の誕生祝いでございますな」

お佐紀の提案に、打てば響くように由蔵が答え、挨拶に立ち寄っただけの二人は面食らった。

だが、お佐紀の意はすぐに台所に告げられて、品川柳次郎と椎葉有の新たな仲人が決まった祝いと、坂崎夫婦に子が生まれたであろう祝いの宴が催されることとなった。

三

京の下長者町の破れ寺《や》の本堂の仏壇があった場所に板囲いがぐるりと建て回され、その中に独り三七《さんしち》二十一日の食絶ち、不眠不休の行を宣告して竈田平が籠ったのは一昨日の未明のことだった。

唐人語の読経《どきよう》は、透き通った野鳥の鳴き声のようにも聞こえ、抑揚ゆたかな調べが破れ寺に響いていた。

忽然《こつぜん》と竈らの前から行方を絶った坂崎磐音一行を突き止めるために、竈田平が最後に残しておいた荒行《あらぎょう》、身を削って坂崎磐音の行動を読みとおす一念での行動だった。

手下の者たちは日中、茶屋本家に関わりがあるお店、屋敷を見張りつつ、雹田平の行が終わるのを待つことにした。針糸売りのおつなだけが日中も残ってお頭の荒行を見守った。

行三日目、破れ寺に江戸から一人の武士が到着した。神田橋のおすなの使いと告げ、

「書状を、雹田平どのへ」

と言いながら唐人の読経の声がする板囲いを見た。

おつなは書状の差出し人はおすなで宛名は雹田平であることを確かめ、武士に視線をやった。

三十一、二歳か。身丈五尺七、八寸余で細身だった。一見、なよっとした印象を受けたが、無口のところと、江戸から旅してきて破れ寺を見ても動じない態度に、

(この者、意外に異能の持ち主かもしれぬ)

とおつなは思った。

「ご苦労にございました。お頭は見てのとおり、坂崎磐音の行方を霊力にて探す荒行に入ったところにございます。あと十八日後でなければ荒行は終わりませぬ」

「待つ」

と来訪者が短く応じた。

おつなには、主持ちと思える武士が田沼家の家来かどうか判断がつかなかった。布団屋から借り受けて本堂の片隅に積んであった夜具を見ると背を凭《もた》せかけ、静かに瞼《まぶた》を閉じた。東海道を急ぎ上ってきた疲れか。姓名を名乗らぬ武士は、雹田平の読経と競うようにたちまち寝息を立てて眠り込んだ。

日が京を囲む山の端に傾き、雹の配下の者たちがそろそろ戻ってくる刻限となった。

突然、雹の声がゆるやかになり、なにか思い惑うような気配が読経に感じられた。そのような迷いが半刻（一時間）も続いたか。

おつなは雹が体調を崩したのではと案じた。が、止まったり、再開されたりしていた読経が再びもとの調べを取り戻した。そして、四半刻後、

ぱたり
と止まった。

(なにが起こったか)

おつなが不安を感じたとき、外から閉じられていた板囲いを蹴り倒し、よろめくように雹田平が姿を見せた。

長年行《こう》をともにするおつなに雹が初めて見せる不可解な行動だった。

「お頭、どうなされました。破れ寺では行《ぎょう》に集中できませぬか」

ふうっ
と大きな息を吐いた雹が、

「おつな、水をくれ」

と願った。

おつなは即座に柄杓《ひしゃく》に水を汲み、雹に渡した。それをごくりごくりと喉を鳴らして飲み干した雹田平が本堂の床にどさりと腰を下ろした。

「分からぬ」

「なにがお分かりにならないので」

「坂崎磐音の薄い影を捉えた」

「おおっ、行三日目にしてのお手柄にございます」

　雹が顔を横に振った。

「影は一つ、浮かんだり消えたりとかたちがはっきりせぬ。たれぞ坊主でも同道しておるか」

　系図屋の卜師《ぼくし》雹田平の弱点は、探す相手が異教《いきょう》の世界に身を潜めたときだった。雹の霊力と仏法がぶつかり、透視が妨《さまた》げられた。

「坂崎磐音は遠い地を旅しているということにございますか」

　雹田平が顔を横に振ったとき、本堂の片隅に眠る武士の姿を捉えたか、声を潜めた。

「影を捉えたとき、動いておった。だが、今は一つところに留まっておる。その影がえらく薄い。おつな、思いがけない場所じゃぞ。かようなことがあり得ようか。それにおこんはどこにある、連れはどうした」

　雹はあれこれと迷っていた。二十一日の行に集中すべき三日目にして坂崎磐音の影を捉え、戸惑っていた、それが坂崎磐音かどうか迷っていた。

「思いがけない場所とは何処《いずこ》にございますか」

「紀州領内を和歌山城下に向かって移動しておった。今は城下に逗留して動かぬ。

あやつがいちばん避けたい地は田沼意次様の先祖の故郷、和歌山藩であろう。坂崎磐音が紀州領内に潜入するなどあろうか」

おつなも考え込んだ。

雹田平とおつなが思案に落ちた間に手下たちが破れ寺に戻ってきた。だが、二十一日の荒行の最中のはずの雹田平の姿を見て、なにが起こったかとその様子を遠巻きに静かに見ていた。

「お頭、朦朧《もうろう》とした影は一つと申されましたな。同行者は僧侶かもしれぬとも」

「いかにも一つじゃ。かたちがはっきりせぬで、坂崎磐音とは言い切れぬが」

「いえ、お頭、その影、坂崎磐音かと思います。あやつらしい考えとは思いませぬか。敵を持つ人間が、勇躍敵地に乗り込むのは危険にございましょう。しかし、一旦入り込めば、これほど安全な場所もありません」

「おこんらとはどこで別れた。女房は子を産んでもよかろう。産後の肥立ちが思わしゅうのうて、あやつ一人だけが旅をしておるのか」

おつなはまた考え込んだ。

「お頭、影は和歌山城下に留まっておるのでございますね」

雹田平が頷き、

「私がひとっ走り和歌山まで確かめに行きます」

間違《まちご》うておるやもしれぬ」

「そのときはそのときのことにございます。お頭が二十一日の行に戻られれば、やつらの行方は知れることにございますよ」

とおつなは針糸売りの道具を手にした。

「おつな、あの者は」

と積んだ夜具に背を凭せかけて眠り込む武士を見た。

「おおっ、うっかりと忘れておりました。おすな様の使いにございます」

「起こせ」

と雹田平が命じると、

「最前から起きておる」

と答えた侍が二人のもとに立ち上がってきた。そして、道中嚢《どうちゅうのう》からおすなの書状を取り出し、

「雹田平どのじゃな」

と一応確かめた上で渡した。

「おすな様から直《じか》に渡された書状か」

「いかにも」

雹田平は渡された書状の裏表をくんくんと嗅《か》ぎ、いかにもさようという顔付きで頷き、封を披くと読み始めた。一瞬裡《り》に読み通した雹が使いの侍を見た。

「そのほう、秋田藩佐竹《さたけ》様家臣か」

雹の問いに頷いた。

「佐竹様の御番衆梅津与三郎《うめづよさぶろう》とやら、田沼様に秋田藩は借りでもあるか」

「ある」

「いかなる借りか」

と雹田平は問い質した。

「明和元年(一七六四)、秋田藩を危機が見舞《みも》うた。藩内阿仁《あに》銅山上知《じょうち》の命が幕府から下ったのだ。その折り、田沼様が尽力なされて上知撤回がなった。藩はなんとか財政悪化を食い止めることができた」

と梅津与三郎が答えた。

「田沼様は十六年前の貸しの取り立てに、そなたの腕を望まれたか」

「どうやらそうらしいな」

と梅津が他人事《ひとごと》のように答えた。ということは秋田藩の借りを一気に返すほどの腕前ということになる。

「試すか」

と梅津が雹を見た。

「いや、秋田に伝わりし武蔵円明流《むさしえんめい》の腕、雹田平が借り受ける」

梅津与三郎は頷いた。

「おつなと同道し、紀州和歌山に行け」

「仔細は聞いた」

「おぬし、忍びの術も会得しておるか」

「いや、いささか読唇術をこなすだけよ」

「よし、おつなと紀州街道を下って和歌山入りし、判然とせぬ影の正体を見届けよ」

「影が坂崎磐音なればどうするな」

「始末できるか」

「そのために田沼家に貸し出されたのだ」

「勝算あらば斬れ」

「畏まって候」

「梅津、坂崎磐音は直心影流尚武館佐々木道場の後継に選ばれたほどの腕前ぞ。これまで神田橋から幾多《いくた》の刺客が放たれたが、一人として戻ったものはおらぬ。生きて坂崎を追跡しておるのはわれらだけじゃ。油断は禁物ぞ」

「おすな様にも同じことを言われたわ。じゃが、雹どの、何人の刺客が坂崎磐音の前に斃れようとそれがしには関わりなきこと。未だ出会うてもおらぬ。それがしの戦いはただの一度きり。その前から勝算などつけられるものか。ただ、出会うたときに、力を尽くすのみ」

雹田平は梅津与三郎の顔を眺めたが、その顔になんの気負いも増上慢《ぞうじょうまん》も表れてはいなかった。淡々とした面構《つらがま》えが秘められた梅津の剣技を示していた。

「行け。おつなの言葉はこの雹田平の命《めい》と思え」

おつなを見た梅津与三郎がただ小さく頷き返して、二人が破れ寺から姿を消した。

「はて、影が坂崎磐音であったとき、おつなの言うことをあの者が聞く耳を持っておるかどうか。そこで梅津与三郎の生死が決まるわ」

雹田平が呟き、あらためて三七二十一日の行に入るために板囲いの中へと姿を没した。

磐音は、和歌山城下にある高野山金剛峯寺末寺海巌院の宿坊に寝泊まりしつつ、室町光然老師が外に出るときのみ江戸開明派、あるいは江戸田沼派と呼ばれる刺客の襲撃を避けるために同道した。

光然老師の訪ねる先は紀州藩の重臣の屋敷であったり、

「紀州に日光あり」

として知られる、家康を祀り、紀州藩初代藩主の頼宣も合祀《ごうし》される東照宮であったりした。

和歌山入りした夜に襲いきた江戸開明派の刺客は、以降光然を襲う気配をみせなかった。ということは、光然老師が会う重臣は和歌山門閥派にかぎらず、江戸開明派の指導者も混じっていることが予測された。

だが、磐音は光然老師の護衛方に徹して、高野山の外交官たる光然老師がだれに会い、どのような策で両派を和解に導こうとしているのか、耳目を塞いできた。

この日、光然老師は海巌院に何人かの重臣を招き、会合に入っていた。

磐音は会合の行われている書院裏の座禅堂の空地で、姥捨の郷を出て以来、重ねてきた独り稽古に没頭した。

いつしか日が傾きかけていた。

抜き打ちの稽古をやめた磐音は座禅堂の回廊に座して、慈尊院で拝顔した弥勒仏坐像の如く、胡坐《あぐら》をかいた姿勢で右手を立て、左手の掌の甲を膝に触れるか触れないかの構えで瞑想した。

どれほどの刻が過ぎたか。

没入する磐音の脳裏に人の気配がした。敵意はない。だが、関心があるのか、その人物は磐音を見詰めて動こうとはしなかった。

磐音は、
すうっ
と静かに息を吐くと両眼を開いた。

「座禅の邪魔をいたしましたな」

と初老の武家が笑みを浮かべて言った。

「なんの、こちらに邪念があるゆえ意識を戻したまで。修行が足りませぬな、榊原様」

新宮藩の前の城代榊原兵衛左ヱ門だった。

「清水どのと出会うときは必ず座禅を組んでおられる。ただし、こたびはなんと弥勒仏のお姿を映しておられる。いや、見事なものです」

「榊原様、稽古で上気した気持ちを鎮めるだけの座禅の真似事《まねごと》にございます」

「慈尊院に参られたか」

「見抜かれましたか」

と磐音も笑った。

「室町光然老師が独りだけ従者を連れて和歌山城下入りしておられると聞いたが、まさか清水平四郎どのとはのう。なんとも心強い従者と光然老師は知り合いかな。清水どの、老師とは長いお付き合いかな」

「いえ、いささか迷い心があって、とある人の口利きで老師に会《お》うたばかりにございます」

「そのようなお方を老師は和歌山に同道なされた」

「それがし、なにも存ぜぬゆえ、気楽に従えてこられたのでございましょう」

「いや、清水どのには人を信じさせる力が備わっておられるでな、老師も全幅の信頼を寄せられたのでござろう」

榊原が回廊に歩み寄ると磐音のかたわらに腰を下ろした。

「空也どのは息災にお育ちか」

「わが倅の名を覚えておられましたか」

「清水空也、なんともよい姓名と、頭に刻みつけましたでな」

と笑った榊原が、

「その節は清水どのに命を助けられた。ここにあるのも清水どののお蔭《かげ》にござる」

「榊原様、光然老師と親しき仲にございましたか」

「それがしもまた迷い心が生じたとき、高野山奥之院を訪ねるのが習わしでな、新宮藩城代に就いた折りには頻繁に通うた。隠居になった今もときに老師の顔を見に参るのじゃ、光然様は僧侶であって僧侶でなし、政にも詳しいでな」

と笑った。

「清水どの、そなた、和歌山藩の諍《いさか》いを承知かな」

「それがし、剣の修行を目指す者にござれば、その他のことは目に留まらず耳にも聞こえませぬ」

「と申される人ほど怖い人はない」

と笑った榊原が、

「そなたの考えを聞きとうなった。なあに会合とは紛糾するものでな、いささかうんざりして、頭を冷やしに出てきたのじゃ」

「さようでしたか」

「清水どの、われらが会合の目的を承知じゃな」

と榊原が平静な声音で質した。しばし考えた磐音は、

「見ざる聞かざる言わざるを通すのはなかなか難しゅうございます」

「人というもの、見て知覚し、聞いて思考をため、言うて考えを他者に告げる生き物でな、それがのうては人に非ず」

「格言は人を戒める反語にございますか」

「人は往々にして出すぎた真似をするものでな」

「和歌山藩では岩千代様を十代将軍家の養子に願うておられるとか」

磐音はずばりと言った。

うーむ、と榊原が唸った。

「老師が申されたか」

「他にこのような秘事を話されるお方はございません」

「老師はそこまでそなたを信頼なされておられるか」

磐音は榊原の動揺が鎮まるまで待った。

「どうお考えなさるな、清水どの。忌憚《きたん》のない考えを聞かせてくれぬか」

「榊原様は、岩千代様を江戸に推薦なされる一派に与《くみ》しておられますか」

「迷うておる。岩千代様は和歌山にとって大事な跡継ぎにござってな。たしかに岩千代様が江戸に出て、十一代様に就かれるならば吉宗様以来、紀州の出の二人目の将軍になられよう」

と榊原は言い切った。

「幕閣を見回したとき、吉宗様以来の紀州閥が意のままにしておられます」

「じゃが、江戸育ちになると、どなた様かのように、出自に重きを置かれぬようになる」

「新たに紀州徳川の血を江戸に送り込むと申されますか」

「なんぞ不安がござるかな、清水どの」

「和歌山藩の野心はこの際考えませぬ。十歳の聡明にして明晰《めいせき》な岩千代様の生涯とお幸せのみを考え申す」

「それでよい。教えてくれぬか」

「岩千代様が江戸に出られて、もしやどなた様かのお眼鏡《めがね》に適《かな》わなかった、あるいは聡明明晰の才をその方が恐れられたとしたら」

「岩千代様の行く末、どうなるな」

「十一歳を前にして生涯を閉じられることもございましょう」

「そなた、家基様のことを言われておるか」

「榊原様、そなた様がそれがしに愚見《ぐけん》を述べよと申されましたゆえ、ごくごく月並みな考えを披露《ひろう》したまでにございます」

「そなた、江戸の暮らしを存じておられるようじゃ」

「相州小田原藩の陪臣にござれば、主の供をして江戸勤番も務めました。ですが、直臣ほど多忙の身ではございませんでな、江戸をあちらこちらと二本の足で歩みました。ゆえにその程度には」

磐音の答えを聞いた榊原兵衛左ヱ門が沈思した。

「岩千代様が和歌山藩にかけがえのない人物なれば、和歌山にお留まりあれ。将軍位は他者の力をもってその地位に就けるものではなし、自然と就くものに御座いますよ」

磐音がさらに答えた。

くあっ
と両眼を見開いた榊原が莞爾《かんじ》として微笑《ほほえ》み、

「なにやら胸の靄が消えたような、爽《さわ》やかな気がいたす」

と磐音に話しかけた。

「そなたには命を助けられ、危うく間違いをしでかすところをまた助けられた。そなたになんぞ礼をせぬといかぬな。なんぞござらぬか」

「光然老師の護衛方、なんの不足もございません」

「人というもの、どのような考えであれ、立場であれ、欲望はあるものよ」

「願うてようございますか」

「言うてみられよ」

「高野山の内八葉外八葉の丹、今までどおりに高野山の中に留めていただけませぬか。願いがあるとすればそのことだけにござる」

榊原が訝しげな顔で磐音を見た。

「そなたは」

しばらく沈思した榊原が、

「できるかできぬか、力を尽くしてみよう」

と磐音に告げた。

四

摂津《せっつ》大坂から紀州の和歌山城下へおよそ十六里強（六十五キロ）、紀州街道は、古くから海辺の集落を結ぶ暮らしの道として利用され、紀伊水道を入ってきた船がこの街道の景色を確かめつつ、摂津へと北上する海路と並行する道でもあった。

古《いにしえ》より中世にかけて大坂と紀州を結ぶ道は、熊野三山への参詣路であった熊野街道であった。近世に入り、豊臣秀吉が大坂城を築き、行政の中心の城下と自由貿易港の趣きがあった堺をつなぐ、

「堺筋」

が整備されて、紀州街道の基礎をつくった。

この堺筋、今宮橋を起点として南下し、紀州和歌山に向かう。この道中には商都としてヨーロッパにもその名が知られた堺、岸和田藩岡部《おかべ》氏の城下町、一時期本願寺が置かれた貝塚が並び、瓦屋《かわらや》村に出て、熊野街道とほぼ同じ道を辿り、和歌山に達する。

この街道の風景と紀州の光景を一変させた人物がいた。

天下統一を目指した豊臣秀吉である。

天正十三年（一五八五）、十万の軍勢を紀州街道に入れ、紀伊の一揆《いっき》勢を制圧した。その折り、秀吉軍に敗北したのが根来衆であり、粉河衆であり、雑賀衆であった。

秀吉はさらに紀州支配の拠点として岡山（和歌山）に築城した。

江戸時代に入ると徳川頼宣の入封によって和歌山は徳川御三家になり、五十五万石余の城下町が誕生した。

紀州和歌山藩では参勤交代の際、大和街道を東進して伊勢に抜けていたが、城下の整備をほぼ終えた元禄《げんろく》十四年（一七〇一）頃からは紀州街道を利用するようになり、さらに海沿いの街道は発展した。

この街道を侍と針糸売りの奇妙な二人連れが南下していた。

秋田藩佐竹家の御番衆梅津与三郎とおつなであった。

二人は雹田平の命を得て、その夜のうちに京の伏見から三十石船で淀川を下って大坂に出た。二人は几帳面にも紀州街道の起点の今宮橋に立つと、今宮戎《えびす》神社、天下《てんが》茶屋《ちゃや》と通り過ぎて大和川を渡り、堺に入ったところだ。

「梅津様、夜船でうどんを啜《すす》ったのみ、このあたりで朝餉と昼餉をかねて腹を満たしませぬか」

「おつな、和歌山城下は遠いか」

秋田育ちの梅津は近畿界隈の地理に疎《うと》かった。

「今宮橋から和歌山までおよそ十六里ございます。まあ、今晩はどこぞで泊まりになりましょうな」

おつなの説明に梅津が泉州堺の街並みを見た。

「堺の港には明《みん》やイスパニア、葡萄牙《ポルトガル》の船が入り、交易港として栄えたところにございます。これから向かう紀州の鉄砲衆、根来、粉河、雑賀衆の鉄砲も、この堺を通じて一揆衆の手に渡り、堺は鉄砲造りの町としても栄えたのでございますよ」

「そのような威勢は窺えぬな」

暗い日本海を見て過ごした梅津与三郎が、自ら育った海よりも暗い目で初春の明るい陽射しを受ける堺について意見を述べた。

くすくす
と笑ったおつなが、

「堺が南蛮《なんばん》の夢を見たのは二百年も昔の話。徳川様の御世になって異国への交易も長崎にかぎられ、渡航は禁じられました。ために堺は急速に寂《さび》れて、さらには百年ほど前に港に大船が入れない事態が生じました」

梅津がおつなを見た。

「なにが起こった」

「港の水深が土砂の流入で浅くなったのでございますよ。そこでほれ、あそこに畑がございますね」

おつなの指す畑には新春のこと、なにも栽培されてはいなかった。

「あれは綿畑にございましてな、秋になると白い綿帽子が見られますよ。流れ込んだ土砂を畑に開墾して綿畑に変え、今は木綿ものの町として生き抜いておりますので、梅津様」

「おつな、何事もよう承知しておるな」

「私のような生計《たつき》をしておりますと、勝手に耳目に雑多な話が集まってきますのさ。役に立たない話でも、時にわが身を救うこともございますな」

「ほう、そのようなこともあるか」

梅津与三郎は、時に十七、八に、また時に三十前後の年増《としま》にも見える雹田平の密偵に、初めて関心を持ったように頷いていた。

二人は堺の町を抜けると、鯖《さば》の熟《なれ》ずしと貝汁が名物という街道沿いのざっかけない飯屋で腹を満たした。

「梅津様、和歌山城下入りするのは早くて明日の夕刻にございます。半刻ほど体を休めてまいりませぬか」

「飯屋で休むことができるか」

「時分どきではございませんし、なんでも銭を摑ませれば目を瞑《つむ》ってくれますのさ」

おつなが飯代を支払い、その上になにがしか休み代を置いた。二人は囲炉裏端で壁に背を凭せかけて眠りに就いた。

半刻を大きく過ぎて一刻余り熟睡した梅津与三郎が目を覚ますと、おつなの顔が与三郎の肩によりかかり、女のいい匂いが鼻をついた。

「これ、おつな、いささか寝過ごしたぞ」

与三郎の声に薄目を開けたおつなが、

「梅津様の足ならば半刻や一刻の遅れはいつでも取り戻せますよ」

と嫣然《えんぜん》と笑い、肩から顔を上げると、

「さて参りましょうか」

と囲炉裏端から土間に下り、草鞋の紐を結びはじめた。

（思いがけなくも女と二人旅か）

梅津与三郎は細身のおつなの体の感触が遠のいたことを残念に思いながら、愛刀の相州小田原ものと呼ばれる康国《やすくに》を摑んだ。

堺の飯屋を出たのが八つ（午後二時）の刻限、次の宿場、風待湊《みなと》として栄えた宇多大津《うだおおつ》を七つ過ぎ、さらに岸和田城下へと四里半を歩き通したとき、七つ半（午後五時）だった。

「梅津様、お疲れにございますか」

「おつな、なかなかの健脚じゃな。ゆったりと歩いているようでなんとも速い。いや、速いというのではないな、いつの間にか道程を稼いでおる」

「私どもの務めは歩くことにございますよ。二晩や三晩、歩き通すこともございます」

「和歌山に一気に参るというのならば付き合おう」

「今宮橋と和歌山のほぼ真ん中がこの城下にございますよ。秀吉様の紀州攻めの本陣となったのがこの岸和田。昨夜から船旅、歩きと、旅の始まりにしてはよう稼ぎました。今宵は岸和田に泊まり、明朝七つ（午前四時）発《だ》ちすれば、明日の日暮れ前に和歌山城下に入りましょうよ」

と答えたおつなが、城下を抜けた街道筋の旅籠に交渉に行った。

「おつなはいくつかのう」

と思わず梅津与三郎が呟くところにおつなが手を振って呼んだ。

「部屋がとれたか」

「相部屋にございます」

「街道筋の宿、まあることじゃ。致し方あるまい」

濯《すす》ぎ水を貰って足を洗い、

「お侍はん、湯に入ったらどうや。さっぱりしますで」

と男衆の誘いに梅津与三郎が湯殿に直行した。暗い湯殿は無人で、かけ湯をして、湯船に体を浸したところに、

「ご免なさいよ」

と女の声がして、手拭いで前をおさえたおつなが洗い場に入ってきた。

梅津の喉が鳴り、ごくりと唾《つば》を呑み込んだ。

「このような宿はなにごとも手早く済ますのが上客ですよ」

平然とおつなは言った。

「旅籠で見ず知らずの男女が同じ湯に入るのか」

「あら、秋田ではございませんか」

と言いながら、肩に湯をかけたおつなが大胆にも湯船の縁《へり》を跨《また》いで梅津のかたわらに入ってきた。

「ああ、やっぱり湯に入ると疲れが抜けますね」

髪を高く結いあげたおつなのうなじを、梅津与三郎の視線がとらえた。白く、細い首筋だった。

「お、おつな」

「なんでございますな、梅津様」

「いや、なんでもない。それがし、いささかのぼせ性でな、先に失礼いたす」

湯船から早々に上がった梅津は慌てて汗じみた衣服を着込むと、帳場の前を通り、

「わが部屋はどちらか」

「へえ、二階の階段の突き当たり、三番だすわ」

と男衆の声がした。狭い階段を上がり、行灯《あんどん》の灯りが灯る部屋に膳が二つすでに出ていて、女衆が燗《かん》のついた徳利《とっくり》を運んできた。

「酒など頼んでおらぬ」

「いえ、おかみさんが頼まはりました」

と女が大徳利をどーんと膳の上に置いていった。

梅津与三郎が大徳利に手を出そうかどうか迷っている頃、湯船ではおつなが、

「働き蜂には蜜《みつ》を与えないと動きませんよ」

と呟いていた。

与三郎が我慢しきれなくなって大徳利を摑んだとき、浴衣《ゆかた》に着替えたおつなが戻ってきた。

「相部屋と言うたが、他の客はおらぬではないか」

「あら、私と相部屋ではいけませぬか」

「そうではないが、おつなとそれがし、初めて昨日会うたばかり」

「昨夜《ゆうべ》会うたばかりの男と女が同じ部屋で寝てはいけませんか。不便を楽しむのが旅にございますよ。ささっ、梅津様、徳利を貸してくださいな、お注《つ》ぎしますよ」

と梅津の手からおつなが大徳利を摑むと、茶碗を持たせてとくとくと酒を満たした。

次の日、梅津与三郎とおつなの二人が紀州との国境を越えて雄ノ山《おやま》峠に差しかかったとき、初春の陽が山の端にかかり始めていた。

梅津与三郎は、昨夜一つの床でおつなが見せた手練手管《てれんてくだ》を思い出し、思わずにんまりとした。肌にまとわりつくようなおつなの体が梅津の体をやわらかくも締め付けると、梅津はなす術《すべ》を忘れておつなのなすがままになっていた。

そんな一夜を過ごしたために、旅籠の出立が明け六つ（午前六時）になっていた。

「お侍さん、いいおかみさんを持ったね。夜通し、雄鶏だか雌鶏だかがときの声を上げて、隣の客が眠れなかったそうだよ」

女衆が梅津の肩をどーんと叩いたものだ。

「おつな、あの川はなんじゃ」

「和歌山城下に流れ込む紀ノ川にございますよ。すでに峠を下って二里ほど。朝の出立が遅れましたが、なんとか夜には城下に入れますよ」

「紀ノ川な。聞いたこともない」

と呟く梅津とおつなは、雄ノ山峠の下りを足早に紀ノ川の岸辺へと下り始めた。

二人の前後にはもはや旅人の影はない。

「おつな」

「なんでございますな」

「いや、なんでもない」

と梅津が答えたとき、峠道の隈笹《くまざさ》ががさごそと鳴った。

梅津は足を止めたが、おつなは驚いたふうもなく山道を下っていく。

「眠りから覚めた熊であろうか」

「秋田の山には熊がおりますか」

「おお、猟が盛んな土地柄でな、われらは熊撃ちによう出向いた」

と話しながら歩く二人を隈笹の音が従ってきた。

「おや、熊の仲間かしら」

行く手に熊突きの槍を構えた三人の人影が紀州街道を塞いでいた。

「野伏《のぶせり》の類《たぐい》か」

「まあ、そんなところでござんしょうね」

と答えたおつなが表看板の針を数本、箱から取り出すと、先を口の外に出して咥えた。それを見ながら梅津与三郎が、

「そなたはどのような女子《おなご》か」

「情がこわい女にございますよ」

おつなが含み声で答えたとき、二人は野伏の数間前で足を止めた。

「紀伊国に入ったんじゃあ、峠越えの銭、払《はろ》うていけ」

獣の皮で作った袖無《そでな》しを着込んだ野伏の頭分か、野太い声と太い槍の穂先で二人を脅した。

「最前、国境《くにざかい》の番所を通りぬけましたが、紀州様に足を踏み入れるのに関所賃が要るとは知りませんでしたよ。いくらですね」

針を口に含んでいるための含み声を野伏は察することができなかった。

「話が分かる針糸売りの姉《あね》様じゃぞ。昔から峠越えの銭は身ぐるみ脱いでが相場じゃ」

「春は名のみ、女に裸で里に下りろなんて酷ですよ」

「見れば見るほどいい女じゃな。野暮侍の連れでは勿体《もったい》ないわ。女、われらと行をともにするか」

「なんぞいいことがございますかね」

「二本差しよりなんぼかよかろう」

隈笹に大きな音がして、猟師鉄砲を持った数人が梅津とおつなの後ろを塞いだ。

おつなが後ろを振り返った。

だが、梅津与三郎は熊突きの槍を構えた三人から目を離さなかった。手にしたのは熊突きの槍だが、腰に差し落とした刀はなかなかの拵《こしら》えだった。峠越えの武士から奪ったものか、あるいは浪々の武芸者が野伏に落ちたものか。

おつなは、火縄がじりじりと燃える猟師鉄砲を構えた二人を含む野伏ら五人を見た。

「どれもこれもひょうろく玉だね」

おつなが嘲《けしか》けるように含み声で言った。

「ぬかしたな。熊殺しの三匁玉《さんもんめだま》を食らうか」

「針糸売りのおつなの胸に撃ち込めるかね」

「言いやがったな」

猟師鉄砲の二人が構えた。

その瞬間、おつなの口が窄《すぼ》められて、光が、

ぱっぱあっ

と飛んだ。

含み針が雄ノ山峠の夕暮れの光に黄金《こがね》色に光り、猟師鉄砲を構えた野伏の目に

次々に突き立った。

「ぎゃあっ」

という凄《すさ》まじい絶叫が響き、撃ち手の鉄砲の銃口が虚空《こくう》を向いて、引き金に力が入ったか、
ずどん
という音が峠道に響いた。

「やりおったな」

と熊突きの槍を構えていた頭分ら三人が一気におつなの背と梅津与三郎に向かって踏み込んできた。

梅津の腰が沈み、三人の熊突きの槍の穂先に自ら体を投げ出すように踏み込んだ。穂先二本が梅津の胸板を貫こうとしたが、梅津の動きはさらに迅速だった。

相州小田原住康国鍛造の刃渡り二尺三寸七分（約七十二センチ）が抜き打たれ、槍のけら首を斬り落とし、一転した刃が頭分の腰を斬り割った。梅津の斬撃を受けた頭分の体は、おつなの背に穂先を突きかけた野伏の体を巻き込み、一瞬のうちに隈笹の中へと飛ばされていた。まさに狙《ねら》いすました一刀だった。

梅津与三郎の康国の切っ先が一人残った熊突きの槍の野伏にゆっくりと回され

た。

「いささかわれらを甘く見おったな」

「く、くそっ」

熊突きの槍の穂先が梅津の前に突き出され、手繰《たぐ》り寄せられた。

「おつな、どうしたものか」

「生きていて役に立つ連中じゃありませんよ。いっそ始末してくださいな」

「相分かった」

梅津与三郎の康国が上段へと上がっていった。その分、梅津の胸ががら空きになって、

（しめた）

と野伏が胸の中で快哉を叫んだ。

「死ね！」

熊突きの槍の穂先が梅津の胸を襲った。

だが、梅津の腰の据わった振り下ろしが野伏の首筋を深々と断ち、さらに突き出された槍のけら首を両断して峠道に押し潰した。

斬り飛ばされた頭分もろとも隈笹の中に転がっていた野伏が立ちあがり、腕の

違いを悟ったか、逃げ出そうとした。

だが、梅津与三郎はするすると間合いを詰めると、その背を斜めに断ち斬っていた。

悲鳴を上げる暇もない一瞬の早業であり、非情な剣技だった。

梅津与三郎の技量を見たおつなが、

「梅津様、峠の役人が鉄砲の音に気付いて駆け付けますよ。調べられるのは厄介です。さっさと逃げ出しますかね」

と言いかけた。

おつなの前には鉄砲を握って転がり回る猟師鉄砲の二人が路上に残されているだけで、他の仲間は逃げ去っていた。

「よし、いくぞ」

血振りをくれた康国を鞘に納めた梅津与三郎とおつなは、紀ノ川が濁った血の色に染まって流れる峠下に向かって走り出していった。

二人が消えた直後、雄ノ山峠の国境番所から鉄砲、槍を携えた役人が駆け下ってきた。そして、その場に遺された野伏五人を認めた。

「佐久間《さくま》様、こやつら、われらが血眼《ちまなこ》になって捕まえようとしておった十日戎《とおかえびす》の紋蔵《もんぞう》一味にございますぞ。うん、胴を抜かれて斬り倒されておるのが紋蔵です」

と提灯の灯りで熊突きの槍の柄を手にした野伏の頭分を検分した。

「なんとも凄まじい斬撃じゃのう」

佐久間と呼ばれた番所の役人が残りの二人の傷を調べ、

「一人は首筋を、もう一人は逃げだそうとした背を割られておる。いずれも腰が据わった斬り口じゃ。空恐ろしいまでの腕前かな」

「佐久間様、鉄砲撃ちは含み針で目を潰されておりますぞ」

「よし、そやつらを里に下ろして、医師に診《み》せろ」

「この苦しみぶりは、針の先になんぞ毒でも塗ってあったのではございませんか。里に下ろすまで命が保《も》つかどうか」

苦悶して転がり回る二人を佐久間らは茫然《ぼうぜん》と眺めた。

「いったいたれがこのようなことを」

「知れておるわ。最前国境番所を抜けた侍と針糸売りの女の二人連れよ」

「おお、針糸売りなれば凶器の針に事欠きませぬな。探し出して、城下に連れていけば、あの二人、道中奉行よりお褒《ほ》めの言葉があるのではございませんか」

「いや、これほどの腕前の侍と針糸売り、ただ者ではないぞ。なにゆえ紀伊領内に入り込んだか詮議をせねばなるまい」

佐久間は足の速い配下の喜作《きさく》に命じて峠を下らせ、藩目付に報告する手配をなした。その間に、悶《もだ》え苦しんでいた二人の野伏が動かなくなって、息絶えた。

第五章　家基の面影

一

小豆粥《あずきがゆ》を食べる小正月、品川柳次郎は継裃《つぎかみしも》姿で大男の小者《こもの》と小僧の二人を従え、麴町裏、平川町の椎葉邸に向かっていた。

江戸では一月の十五日に、

「上元御祝儀貴賤今朝小豆粥を食す」

習わしがあった。

この小豆粥の日を黄道吉日《こうどうきちにち》に見たて、品川家では結納《ゆいのう》を執り行うことにした。

柳次郎の従者の背には反物、熨斗《のし》、するめなどに目録を添えた台が、大風呂敷で包まれ負われていた。また小僧は諸白《もろはく》の樽《たる》と岡持ちを両手に提《さ》げていた。

「おい、柳次郎、椎葉家はまだか。背の荷が重うてかなわぬ。どこぞに煮売り酒屋でも見つけて一杯飲んで景気をつけぬか」

と大男が喚《わめ》くように言い、麴町界隈を往来する人々が、主を呼び捨てにして酒を強要する中間《ちゅうげん》を呆れ顔で見た。

むろんこの声の持ち主は武左衛門だ。

「だめだめ。だから、竹村さんなんぞを従者にするんじゃないと言ったんだよ。本日は品川柳次郎さんの大事な結納の日なんだからね、酔っぱらってお嫁様のところに結納の品を届けられるものか」

諸白の樽と岡持ちを提げた幸吉《こうきち》が武左衛門に注意した。

「竹村の旦那、もうしばらくの辛抱だ。結納が無事に終わり、両国橋を渡ったら、東広小路あたりの酒屋で好きなだけ飲ませてやるからな」

ちぇっ、と舌打ちした武左衛門が、

「これだから、わしは貧乏御家人の根性が好かん。二本差しと言うても実態は傘張りの内職暮らしではないか。まあ、嫁の家は北割下水を抜け出した椎葉家ゆえ、柳次郎のところが見栄を張るのも分からんではない。じゃが、もそっと北割下水の貧乏御家人に似合《にお》うた婚礼はできなかったのか」

「そう表通りで貧乏御家人を連呼せんでもよかろう。往来の人が笑《わろ》うておるぞ」

「だから、無理をしていると申しておるのだ。結納だ、婚礼だと言わず、お有さんを北割下水の傾きかけた屋敷に連れ込めば済むことではないか」

「犬猫を貰うのではないぞ。そのようなひどいことができるものか」

「そうだよ、品川さんの言うとおりだよ。とくと考えてみな、仲人は天下の御典医桂川甫周国瑞先生だよ。椎葉家、品川家ばかりか、桂川先生の体面にかかわることだからね」

「幸吉、そうは言うが、北割下水から麴町裏なんぞは遠いぞ。ここいらで一休みしてもよかろうが」

「だめだめ。結納なんてものは昼前に行うものなの」

「六間堀の裏長屋育ちがえらく格式ばるな」

「竹村さん、そのお役だって品川家が頭を下げたことじゃないんだからね。柳次郎さんが結納の日に鰻を格別に椎葉家に届けたいと鉄五郎親方に相談しているところに、きたない面《つら》を出してさ。早苗、宮戸川の待遇はどうだなんて、大声で喚いてさ、娘の立場もちっとは考えなよ」

「だから、不都合あれば親方に談じ込もうとしたのではないか。これほどの娘思いがどこにおる」

呆れた！　と叫んだ幸吉が、

「話があっちこっちに散らかったじゃないか。そうだ、宮戸川に武左衛門さんが面を出した話だ。結納の品々を婿当人が提げていくのは体面上よろしくない、この朋輩の武左衛門にまかせよ、と自分から役を願って品川家の小者になったんじゃないか」

「おう、品川家は奉公人の一人もおらぬでな、品川家の体面を考え、わし自ら願い出た話よ」

「だからさ、柳次郎さんが頼むと頭を下げたわけじゃない、そのことなんだよ。この幸吉が柳次郎さんの供をすれば済んだことじゃないか」

「それでは品川家の体面が保てまい」

「本心は、おおっぴらに酒が飲めると思ったんだろ」

ふーむ、と鼻で返事をした武左衛門が、

「幸吉、よう見抜いたな。まあ、正直言うて柳次郎とお有さんの婚礼などどうでもよい。北割下水の貧乏所帯に嫁が来るという、珍しい話ではある。じゃが、お有さんが品川家に入ったとて、あの怖い姑《しゅうとめ》が控えておられるからな、わしが訪ねてもすぐには酒の接待などなかろう」

「呆れてものが言えないよ。武左衛門の旦那の頭は酒を飲むことしかないのかね」

「ない、ござらぬ」

「こうぬけぬけと返答されると二の句も継げねえや」

柳次郎は二人のやり取りを聞きながら、

「竹村の旦那、帰りには必ず酒を振る舞うゆえ、椎葉家では行儀よくしてくれよ」

「うむ、もう近いか」

「三丁目の辻を南に折れると平川町、椎葉家のあるところだ」

「椎葉ももともとは北割下水の貧乏人だろうが。麴町裏にようも出世したものよ。それにしてもお有さん、品川の家に嫁に来たいかのう。苦労するのは目に見えておろうに」

「もう門が近い。少し口を噤《つぐ》め」

品川柳次郎が注意して、武左衛門が背の荷をゆさりと担ぎ直した。

椎葉家の門前はきれいに掃き清められ、打ち水がなされていた。門柱には竹の花器に水仙が飾られ、客を迎えていた。

「ご免くだされ」

と門前で威儀を正した品川柳次郎が訪《おとな》いをかけ、敷石を玄関先へと進んだ。すると待ち受けていた椎葉家の母親の志津とお有が迎えに出た。

「お志津様、お有どの、本日はお日柄もよろしく」

と婿自ら口上を述べはじめたところに、

「どっこいしょ」

と武左衛門が式台の端に大きな尻を下ろした。

「柳次郎、形式ばった言葉なぞやめよ。まずはほれ、結納の品を」

背の風呂敷包みの紐をほどいた武左衛門が玄関先に広げた。すると幾代が台の上にきれいに飾った反物、熨斗、するめなどががたがたに崩れていた。

「おやおや、結納の品がこれでは婚礼の先行きが危ぶまれますな」

と志津がしかめ面で台の上に新たに飾り直した。さらに幸吉が上酒《じょうしゅ》の諸白の樽をかたわらに添えて、

「椎葉家の皆々様、本日はお日柄もよろしくご結納の儀、まことにおめでとうご

ございます。この鰻の白焼き、深川名物鰻処宮戸川からの、お祝いの席の口汚しにございます。お納めくださいまし」

幸吉が宮戸川の名を織り込んで宣伝しながらも差し出した。鰻持参は柳次郎の発案で、代金を支払うつもりだった。だが鉄五郎が、

「めでたい話の席にうちの鰻を思い出してくれたんだ。銭などとれるものか」

と深川男の鷹揚《おうよう》さで言ったものだ。

「こちらのお方と異なり、小僧さんは立派なご挨拶ですこと」

志津は言うと、ほっほっほと笑った。

「柳次郎様、お上がりくださいませ」

お有が柳次郎を座敷に招じようとした。

「それは有難い。なにしろ深川北割下水から麴町近辺まで上がってきたら、喉が渇くやら、足腰はがくがくするやらで、どうにもこうにもならぬ」

と武左衛門が草履を脱ぎかけた。

「武左衛門の旦那、本日の主様は品川柳次郎さんなんだからね。家来の分際で、きたない尻をからげて上がっていくなよな」

と幸吉が止め、

「お有どの、見てのとおりです。本日はわが友にして厄介者が従者を志願してくれた。こちらに上がり込んで粗相《そそう》があってもいかぬ。結納をめでたくお納めして、われら深川に早々に立ちもどります」

「なにっ、粗茶の一杯もよばれんで深川に引き返すというのか。厄介者とは、まさかわしのことではあるまいな」

「他にだれがいるんだよ」

と幸吉が憮然と言い、

「柳次郎さん、このお方を連れてきた以上、こうなることは最初から分かっていたことですよ。ささっ、帰ろ」

と結納を玄関先で済ませて帰ろうとする柳次郎の考えに賛意を示した。

「お有どの、残念じゃが致し方ない」

柳次郎もどこか肩の荷を下ろした表情でお有に言った。

「幾代様にくれぐれも宜しくお伝えください。また、鉄五郎親方に心尽くしの白焼き、美味しくいただきますと、幸吉さんの口からお礼を伝えてくださいね」

なんとも残念そうな顔でお有が二人に返礼した。

幸吉は、未だなんとか椎葉家の奥に上がり込もうと隙を窺う武左衛門の手を摑んで式台から立たせた。

「弥五郎様に玄関先で失礼する旨、お伝えくだされ」

と最後に願った柳次郎と幸吉が、心残りの顔の武左衛門を両脇から抱えるよう
に椎葉家の門外に連れ出した。

「椎葉家では礼儀知らずにもほどがある。結納を持参した者を茶も出さずに追い
返すとはどういうことだ」

「それもこれも、日頃の旦那の所業が招いたことだよ」

「小僧め、竹村武左衛門にいちいち説教をしおるわ」

「小僧と言ったね」

「小僧を小僧と呼んでなにが悪い」

「黙っていたがね、喋るからね、驚くなよ」

「なにを驚かねばならぬ、幸吉」

「昨日、親方がおれを呼んでさ、いつまでもお仕着せの裾から毛の生えた脛《すね》を出
している小僧もおかしいや。もう割《さ》き台をもらって鰻を割けるようになったこと
だし、一人前の職人として扱うと言われたんだぞ」

「鰻屋の小僧が職人に出世か。給金でも上がるか」

「そんなさもしいことは一人前の職人は言わないの。黙っていても親方が考えてくださるんだ。こっちは言われたことをお受けすればいいんだよ」

と答えた幸吉が、

「柳次郎さん、ちょっとさ、縫箔屋のおそめちゃんのところに寄っちゃだめかね。そのことを知らせたいだけなんだ。おそめちゃんの気を散らすほど、邪魔はしないよ」

と柳次郎に願った。

「それがしはかまわぬが、こちらがな」

と空になった大風呂敷を首からかけてだらしない態度で歩く武左衛門を見た。

「おれも最前からそのことを考えていたんだ。武左衛門の旦那は縫箔屋のある通りの角に待たせてさ、柳次郎さんとおれが店を訪ねればいいんじゃないか。柳次郎さんは継裃姿だもの、江三郎《こうざぶろう》親方には結納の帰りに立ち寄り、おそめちゃんにそのことを報告したかったと言えば、店の方々も分かってくれるんじゃないかね」

「本日はいかい幸吉には世話になった。それくらいはせぬとな」

「柳次郎、幸吉がおそめに会いに行くのより酒が先だぞ。幸吉ばかりに世話になったわけではなかろうが。わしも一役買ったということを忘れんでくれ」

「分かった分かった。縫箔屋に立ち寄った後に酒は飲ませてやる」

と請《う》け合った柳次郎らは、半蔵御門を前に桜田堀を南へと下っていった。


三人が江戸縫箔の名人江三郎親方のお店《たな》がある通りの角に立ち寄ったのは、昼過ぎの刻限だった。

「いいかい、約束だよ。すぐに戻ってくるからさ、この辻で待っているんだよ。姿が見えなかったら、柳次郎さんもお酒は飲ませないと思うよ」

幸吉が武左衛門にこんこんと言い聞かせ、柳次郎と幸吉が二人してお店に向かった。

「ご免くだされ」

敷居を跨いだ柳次郎と幸吉を、おそめがびっくりした眼で仕事場から見詰めた。江三郎も二人の来訪者に気付いていた。

「親方、それがし、品川柳次郎と申し、おそめどのの知り合いにござる。尚武館の若先生とも親しい仲でござる」

「ほう、尚武館の若先生の朋輩ね。で、どうなされました」

「本日、それがしの結納の儀を無事に終えたで、おそめどのに報告をと立ち寄った次第にござる」

「おめでとうございます。それにしてもご丁寧なことにございますな」

と江三郎が首を傾げながら応じた。

「おお、そうじゃ。幸吉、そなたもおそめどのに話すことがあったのではないか」

「おそめちゃん、品川様の報告ついでにだけど、おれ、昨日親方から小僧扱いは終わった、鰻割き職人として認めるって許しを貰ったんだ」

と幸吉が急いで告げた。

「はは あーん、分かりましたよ。品川様の結納の報告より、こっちが肝心な話かえ。幸吉さん、なんにしても一人前の職人として親方から許しを得るのは大したものだ。おめでたいの二つ尽くしか。おそめ、おめえもなにか言わねえか」

江三郎の言葉におそめが、

「品川様、椎葉有様とのご結納、真におめでとうございます」

「有難う、おそめどの」

「品川様のお心遣いに感謝申し上げます」

と、自分の結納に事寄せて、幸吉の職人昇進を告げに来たと悟ったおそめが礼を述べた。

「祝言はいつにございますか」

「仲人は尚武館の若夫婦から御典医桂川甫周国瑞先生夫婦に代わって、二月の初《はつ》午《うま》の日に祝言をなすことになった」

「桂川先生が磐音先生の代役にございますか。これ以上の代役もございませんね」

とおそめが笑みを浮かべ、

「そのときまでになんぞ祝いの品を考えます」

「おそめどのの気持ちだけで十分じゃ」

と応じる柳次郎から幸吉に視線を移したおそめが、

「幸吉さん、おめでとう」

「おれはまだ鰻職人としては半人前だ。割きがなんとかこなせる程度で、焼き一生の修業が待っている。おそめちゃんに負けないように頑張るよ」

と険しい顔で言い切った。頷き返すおそめに江三郎親方が、

「おそめ、渡すものがあるんじゃないか」

と言い、おそめがびっくりした顔をした。

「親方、ご存じでしたか」

「おめえが仕事を終えても、あれこれ縫箔の稽古を積んでいるのはだれもが承知のことだ。先日から細長い白地の布に鰻なんぞを刺繍《ししゅう》しているからよ、なにを作っているんだろうと思ったが、これだな」

と江三郎親方が、縦縞《たてじま》の仕事着の袖を留めた襷紐《たすきひも》をつまんでみせた。

「まさか親方がご存じでしたとは」

「出来ているんなら、祝いの証《しるし》に渡してやんな」

「はい」

おそめが自分の席を立つと部屋にもどり、紙に包まれたものを持参してきた。

「幸吉さん、小僧さんを終えた祝いの品よ。親方が見通されたとおり、襷紐なの。親方に頂戴した端切《はぎ》れと糸で拵えたものよ。仕事のとき、使って」

とおそめが渡した。受け取った幸吉の目が潤みそうになったが、なんとか涙を堪《こら》えた幸吉が、

「おそめちゃん、ありがとよ。こちらで見てもいいかい」

おそめが江三郎を振り返った。

「なんにしてもおめえ一人の仕事が初めて世に出るんだ、嬉しいじゃないか。おれにも見せてくんな」

「恥ずかしゅうございますが」

　とおそめが幸吉を見て、頷いた。

　幸吉が紙を開くと白地の襷が出てきた。

「幸吉さん、かけてみて」

　おそめが願うと幸吉が折りたたまれた襷をぱらりと伸ばし、肩から脇に回して背で十文字の打ち違いに結んだ。すると左の肩口に、宮戸川の流れに鰻三匹が躍っている模様が描かれ、右の肩口には、

「深川名物鰻処宮戸川職人　幸吉」

　と縫箔されていた。

「おそめちゃん、勿体ねえや。こいつはおれが一人前になったときにさせてもらうぜ」

「いえ、私の仕事もまだ半人前よ。幸吉さんが立派な鰻職人になったときは、私も腕を上げて、親方に大威張りで見てもらえるような襷を贈るわ。その半端仕事の襷を見ながら頑張って」

欅の鰻と字をじいっと見ていた親方と倅の季一郎《きいちろう》が顔を見合わせ、

「おそめには絵心がございますよ、親方」

と言った。

「技は半人前だが、うちに修業に入ったときから余白の使い方がうまかったな。細い欅を流れに見たてて躍る鰻が生きているようじゃねえか」

と江三郎が答えたとき、

「柳次郎、幸吉、いつまで往来で待たす気じゃ。わしはもう我慢がならぬ。早《はよ》う酒屋に連れていけ」

と喚く武左衛門の胴間声が響き渡った。

二

摂津の今宮橋を出た紀州街道は和歌山城下に入って、その道程を終える。だが、街道の終着点は、和歌山城の南に位置する天神山の中腹にある天満宮と和歌山の人々は考えていた。

和歌浦《わかのうら》を望む天満宮は、康保《こうほう》年間（九六四〜六八）、橘直幹《たちばなのなおもと》が和歌浦に立ち寄った際に神籬《ひもろぎ》を建てたと伝えられ、菅原道真を祀っていた。

磐音は高野山奥之院副教導室町光然老師の供で天満宮を訪れていた。

金剛峯寺の外交官ともいえる光然の詰めの協議が、城下をはなれてこの天満宮で行われていたからだ。

磐音が新宮藩の前城代榊原兵衛左ヱ門に再会して二日後のことだった。

御三家和歌山藩にのしかかる難儀は、三百諸侯の大半がかかえる悩みでもあった。平時が百数十年も続き、幕府の大名家に対する、

「生かさず殺さず」

の弱体化の企てが成功したか、どの藩も財政の悪化に悩んでいた。

御三家の一つ、和歌山藩とて同じこと、抜本的に財政を立て直す策を講じなければならない状況にあった。領内の物産を検《あらた》める策が話し合われる中、高野山の隠れ里、雑賀衆姥捨の郷の丹が判明したのだ。

和歌山藩としては喉から手が出るほど欲しい財源だった。だが、姥捨の郷は高野山金剛峯寺の支配下にあり、弘法大師空海の信仰修行の地、内八葉外八葉にあった。

触れてはならぬ姥捨の郷の丹をどう扱うか、高野山とからんで微妙な問題だっ

た。

磐音はこの日、集まりが始まったのを確かめ、天満宮をおりて和歌浦の海浜を訪れた。

豊後関前に繫がる海だった。

(父上は、母上はどうしておられようか)

この八年余、磐音は激変の渦中にいた。失ったものは大きく、得たものもまた大きかった。

なによりおこんと夫婦になり、今またおこんとの間に一子空也を得た。

豊後関前の両親にも、江戸六間堀でおこんの帰りを待つ舅《しゅうと》にも空也を見せたいと願った。いつの日か、関前城下を訪ね、江戸に戻れる日が来るのか。

和歌浦の海の上を海鳥が波と戯れるように飛んでいく。

磐音は五体を突き刺すような視線を感じた。

(江戸開明派か、あるいは和歌山門閥派か)

光然老師が調整を続ける最中、会議の転がり次第では再び光然老師に刃《やいば》が向けられることも考えられた。そして、その前に警護方を務める磐音が監視下に置かれても不思議はなかった。

だが、磐音は視線を無視して、和歌浦の海を眺めていた。

「あやつが西の丸様の剣術指南の坂崎磐音か」

「おそらく間違いないと思います」

浜から数丁離れた山の斜面から、針糸売りのおつなと秋田藩佐竹家家臣の梅津与三郎が磐音の姿を見詰めていた。

雄ノ山峠で十日戎の紋蔵を頭にした野伏《のぶせり》五人を斃した二人は、国境の番所役人の調べを避けて早々に峠道から和歌山城下へと逃げた。

だが番所役人は、紋蔵らを斬り捨て毒を塗った含み針で眼を射貫《いぬ》いて斃した二人連れの男女の正体を訝り、街道奉行に使いを走らせた。

和歌山城下に辿り着いたはよいが、針糸売りと武士の二人連れの男女の追及がすでに始まっていた。

紀ノ川を早舟で下った番所役人は、おつならよりも先に城下に到着して、怪しげな二人連れを報告し、街道奉行は町奉行、目付と相談して城下の高札場《こうさつば》に手配書を張り出していたのだ。

おつなは、針糸売りの姿から武士の女房にふさわしい形《なり》に身を変えていた。そんな最中、高野山奥之院の副教導光然老師が仲立ちする江戸開明派と和歌山門閥派の話し合いが城下外れの天満宮で行われるとおつなが聞き込んできて、天満宮にやってきたところだった。

江戸開明派は、江戸田沼派とも呼ばれ、田沼意次に繫がりを持つ紀州藩江戸屋敷の一派だという。霞田平ならば見逃すはずのない集いだった。

「やるか」

と梅津与三郎がおつなに言い、柄《つか》に手をかけた。

「いえ、まずあの侍がたしかに坂崎磐音であることを確かめねばなりません」

「念が入ったことよ」

「さらにあの者が坂崎と分かれば、京のお頭に知らせねば」

「なに、手を拱《こまね》いてただ見ておれと申すか、おつな」

「坂崎磐音ならば、十二分に手強《てごわ》い相手にございます。念には念を入れ、周到な準備ののちに一気に攻めかかる、これしか手はございません。あの者はどうやら高野山の坊主の連れのようにございます。いずれは和歌山城下を離れます」

「京におる唐人はお籠りの最中であろう。間に合うか」

「私の知らせにお頭が動きだせば、紀州街道など半日で駆けぬけて参られますよ」

「今はただ指をくわえて監視するだけか」

「不用意に近づいてあの者に気付かれてはなりませぬ。すべてはお頭が参られたあとが勝負の刻《とき》にございます」

とおつなは梅津の性急さに釘を刺した。

磐音は見られていることを意識しながらも浜を離れて、天満宮の石段へ戻ろうとした。

いつしか西に傾いた光に照らされて、和歌浦は黄金色に輝いていた。その向こうの海を、摂津の湊を目指す帆船がゆっくりと航行していた。

朱塗りの楼門を見上げると、門の下に榊原兵衛左ヱ門がもう一人の武家と立ち話をしていた。

「散策にござったかな」

と話しかける榊原の表情が和んでいた。

「集まりは無事に終わったようにございますな」

「光然老師の手綱《たづな》さばきよろしきを得て、なんとか結論をみました」

「それはなにより」

磐音は榊原らが立つ門下へと上がりながら、姥捨の郷の丹はどう解決がついたのであろうかと考えていた。

「清水どの、こちらは和歌山藩御付衆武田宗実様の嫡男志之輔様にござる。志之輔様、このお方、清水平四郎様と申されて、光然老師のお付きの方にございます」

「そなた、粉河寺にも同道されておったな」

志之輔が関心を持ったか、尋ねた。

「いかにもさようにございます。ただ今奥之院の居候《いそうろう》にござれば、こたびの和歌山行きも供を命ぜられました」

「光然老師は武家を供にするなど初めてではないか」

「こたびの御用を鑑《かんが》みて、一人清水どのだけを話し相手に和歌山入りなされたようにございます」

榊原の言葉に頷いた志之輔が、

「もはや老師に迷惑をかける者もおるまいと思うが、奥之院まで無事お連れしてくだされよ」

と願った。すると磐音が頷く前に榊原が、

「志之輔様、清水様にはそれがしも命を助けられました」

「どういうことです、城代」

志之輔が年上の榊原を旧役職名で呼んだ。

榊原は支藩の前城代にすぎない。一方、志之輔は本藩の重臣の家柄、家格が違った。それでも志之輔は尊敬の情をこめて、

「城代」

と呼んだ。今もって本藩との折衝に立ち会うように、その任にあった頃の榊原の力は隠然として保たれているのであろう。それだけ有能な城代であり、功績があったに違いない。

「天沼《あまぬま》五郎次ら、わが藩の田沼派が奥之院からの帰路に待ち伏せしておりましてな、それがしが見張られていることを承知しておられた清水どのが、わざわざ同道を申し出られたのでございますよ。そこへ五郎次らが襲いきたのでございます」

「暴れ馬の五郎次らが清水どの一人に負かされたか」

「志之輔様、四人が一瞬のうちに叩き伏せられました。それがし、清水どのが長

閑に動く様をまるで風が戦《そよ》いだかと思うて見ておりましたが、もはやそのときには五郎次らが参道に転がっておりました」

志之輔が両眼を見開いて磬音を見た。

「光然老師の信頼があついはずじゃな」

「志之輔様、それがし、剣の腕前もさることながら清水どのと話しておると、いつしか心の憂さも消えております。おそらく光然老師が清水どの一人を供に和歌山に参られた理由《わけ》は、お人柄もあるように思えます」

「城代」

「志之輔様、それがし、すでに隠居の身」

「城代はそれがしにとって生涯城代、相談役じゃ」

「ありがたき思《おぼ》し召し、榊原、これに優る感激はございませぬ。されど年寄りがいつまでも出しゃばるのは諍《いさか》いの因《もと》にございますでな。こたびの御用を最後のご奉公と決めております」

磬音を前に二人の会話は穏やかに続けられていた。ふと志之輔が気付いたように、

「もしや城代が考えを変えられたのは、この仁と話してのことか」

「ふっふっふ、志之輔様、いかにもさようです」

「岩千代様が紀州藩主に残られたほうが藩のためによいことか、はたまた江戸に出られて将軍位に就かれるのがお幸せなことか、もはや結論が出た今、われらは答えを五年後、十年後に見出すことになる」

岩千代様は紀州に残られたな、と磐音は思った。

ちなみにいう。

寛政《かんせい》元年（一七八九）、岩千代改め治宝《はるとみ》は十九歳の若さで和歌山藩第十代藩主に就いた。和歌山の、

「中興の祖」

と呼ばれる藩財政改革が始まり、まず家臣に対して、

「浮置歩増《うけおきぶまし》」

という、禄米支給のとき、除米して公用に使う制度を敷いた。また学問を奨励し、藩校である学習館では八歳以上三十歳以下の家臣に就学を義務づけた。また医学館を設立し、江戸藩邸に明教館、松坂に松坂郷校を設けて、さらには本居宣長を和歌山に招聘《しょうへい》して、家臣団の才能の掘り起こしを始め、藩政改革を推し進めた。

この治宝が文政《ぶんせい》七年（一八二四）に隠居するまでの三十五年の治世下に和歌山城下は栄え、紀州の文化は華開くのである。

とまれ、物語が先に飛んだ。

天満宮の石段下に乗り物が到着し、武田志之輔が会釈して乗り込むのを、磐音は腰をかがめて見送った。

石段下まで見送りに行った榊原が磐音のもとに戻ってきた。

「岩千代様は江戸に参られませぬな」

「和歌山に残られます」

「ようござった」

という磐音の安堵の声を聞きながら榊原が、

（言葉に真心がこもっておるのはなぜであろうか）

と訝しく思いながらも好ましく思った。

「榊原様、それがしの懸念、もう一つございました。お訊きしてようございますか」

「姥捨の郷で採掘される丹にござったな」

「いかにもさようです」

「藩財政多難の折り、見逃すことはできませぬ」

と榊原が言った。

「ですが、光然老師の高野山と姥捨の郷は一心同体、不可分な間柄ゆえ、なんとか雑賀衆が生き残る途を願いますという再三の懇願に和歌山本藩も、姥捨の郷から年貢として二百両を藩に差し出すことで決着しました。この処置、いかがかな、清水どの」

姥捨の郷の雑賀衆は、年売り上げ八百両に限定して丹を採掘してきた。和歌山藩に二百両の年貢、さらには粉河寺、根来寺に五十両ずつの寄進により、三百両の利益が失われることになった。

「田沼意次様発案の丹会所設立への反対を、和歌山本藩あげて行うことが決まりました」

「なんとしても和歌山藩の反対の声が江戸に届くことを祈ります」

「清水どの、和歌山藩は岩千代様を家治様のご養子に推挙することを諦めたのでございますぞ。田沼老中とは痛み分けに持ち込みたいもので」

と榊原が言い切った。

「榊原様、ご苦労をおかけしました」

「まず和歌山藩内が二分されての、争いの種がなくなったのがなによりよい」

と榊原兵衛左ヱ門の顔に和やかな笑みが浮かんだ。

草蔵がこの裁定をどう受け止めてくれるか。姥捨の郷に和歌山藩が直接支配をしてくることを考えれば、なんとか受け入れられる調停ではあるまいかと磐音は思った。

天満宮の楼門に西日が射し込み、海を見ると波が黄金色に煌《きら》めいていた。

「明日にも光然老師は高野山にお戻りになりましょうか」

「はて、一日二日、和歌山に留まられるのではありませんか。清水どの、折角です、和歌山城下を見物なされ」

と榊原が言うところに、大仕事を無事に果たした光然老師が竹杖を突いて、一人姿を見せた。

「老師、乗り物を用意させましょうか」

「いや、気分を変えてな、清水さんとぽくりぽくりと城下まで歩いて参りましょう」

「もはや老師を襲うような真似はさせませぬ。危惧があるとすれば一つ」

「危惧がございますので」

「なんでも紀州街道雄ノ山峠で、野伏一味の十日戎の紋蔵ら五人が殺されたそうな。三人は一撃のもとに斬り殺され、猟師鉄砲を持った二人は毒を塗ったと思える含み針で両眼を潰されて死んだとか。国境《くにざかい》の番所役人が、この騒ぎの前に二人連れの男女が番所を通過したのを見ております。一人は侍、もう一人は針糸売りの女じゃそうな」

「針糸売りにございますか」

「なんぞ心当たりがございますかな」

「いえ、侍と針糸売りの取り合わせを妙と思うたまででございます」

磐音は答えつつも、尾張城下に出没した針糸売りではないかと考えていた。

「御三家和歌山に幕府の密偵が忍び込むのもおかしな話。なぜかような男女が入り込んだか、町奉行、目付、街道奉行の役人衆が総出で城下をあたっておりますでな、老師に危害が加えられることはございますまい」

と榊原が応じて、

「清水平四郎どのには、いささか物足りないお供になりますかな」

と笑った。

三人が立ち話をし、老師の供で石段を下り始めた磐音らを、天神山の中腹の松林からおつなと梅津与三郎が見ていた。

「おつな、清水平四郎というそうな」

梅津が榊原兵衛左ヱ門の口の動きを読んでおつなに言った。

「違う人物ではないか」

「梅津様、坂崎磐音のこたびの逃避行に清水平四郎の偽名をしばしば使うことがございます。尾張滞在中も清水平四郎を名乗っておりましたので、あの者が坂崎磐音に間違いございませんよ」

「しめた」

と梅津与三郎が応じるのへ、

「梅津様、私どもの所業も和歌山に伝えられておりますので、二人への接触は難しくなりましたよ」

とおつなが懸念を滲ませながら言った。

「ともあれ、あやつらがどこへ戻るか、尾行をいたさばよかろう」

「光然という坊主の帰る先は高野山奥之院ですよ」

「たしかか」

「副教導の肩書きを持つ金剛峯寺の番頭のような坊主ですよ」

「高野山に戻る道中に襲うのも一つの手か」

「それもこれも、京のお頭のお指図を仰いでからのことにございますよ」

「おつな、雹どのに知らせるのは、あの者たちが高野山奥之院に戻ったと確かめられたあとでよかろう。この先、なにが起こるか知れぬでな」

「なにが起こるかとは、なんでございますな」

「先は長い。ならば今宵の塒《ねぐら》を探さねばなるまい。春は名のみ、漁師の網小屋に潜り込んで寝るにはいささか寒いでな」

「梅津様、湯治旅ではございませんよ」

「とはいえ、腹を空《す》かせて寒さに震えて夜を過ごすこともあるまい」

「独り暮らしの百姓家にでも潜むおつもりで」

「あやつら二人が帰る先は、金剛峯寺末寺海厳院と知れておるのだろうが。どこぞで一夜飲み食いして、明日にも海厳院を覗けばよかろう」

　梅津与三郎は、おつなの柔肌を脳裏に浮かべながら言った。

「いえ、あの二人が海厳院に泊まるのを確かめるのが先ですよ」

「なに、念を入れるというか」

「はい」

おつなの返答はきっぱりしていた。

「致し方ないか。ならば爺坊主を追いかけようではないか」

梅津与三郎とおつなは天神山を回り込むように走り出した。

三

天満宮からの帰路、光然老師は、連れの磐音に話しかけることもなく、かといって機嫌は悪くないようで、高野山奥之院で五十年余、暮らしてきた老僧は、俗謡と思える調べを鼻歌で歌ったりした。城下外れに入ったとき、

「おお、そうじゃ。もう一軒、立ち寄っていきましょうかな。さすれば明日にも高野山に戻れるでな」

と独り言を呟くと、磐音を振り向き、

「清水さんや、よいかな」

といきなり問うた。

「こちらのことは斟酌《しんしやく》無用に願います」

と答えた磐音にさらに尋ねた。

「榊原どのに訊かれたな」

「はい」

磐音も正直に答えた。榊原が話す以上、老師の許しがあってのことと思ったからだ。

「姥捨の郷の雑賀衆は二百両の年貢を藩に納めることになった。姥捨の郷の鉱脈の筋は悪くない。根来、粉河と合わせ、年三百両の出費じゃが、藩の手が隠れ里に入らない代わりじゃ。草蔵さんらに得心してもらうしかあるまい」

と自らに言い聞かせるように光然は言った。

「清水さんや、もう一件じゃが、榊原兵衛左ヱ門どのに知恵を貸されたのはそなたじゃそうな」

「新宮藩の城代を務められた榊原様に知恵を貸すなど、滅相《めつそう》もないことでございます。榊原様の迷いに相槌を打ったにすぎませせぬ」

「そなたの相槌はよう利いた。榊原どのが岩千代様を家治様の養子に差し出す考えを変節なされ、和歌山の藩主として留まるべきと主張なされたとき、和歌山門閥派は動揺し、江戸開明派の面々はほくそ笑んだ。考えてみれば、和歌山の宝を無理に江戸に差し出すこともあるまい。岩千代様が将軍位に就ける保証はどこにもないでな。また佐々木家の処遇をみれば、田沼意次様が信じるに足る人物とも思えぬ。拙僧はこれでよかったと思う。うむ、そなたの相槌が利いた」

と満足そうに呟いたものだ。

光然老師と磐音が城下に到着したとき、新春の日が暮れて城下には灯が灯されていた。老師は磐音を伴い、元和《げんな》七年（一六二一）に建造された和歌山城の岡口門を訪れると、門番の御番衆に、

「高野山の室町光然にござる。明日高野山に戻るでな、用人どのに辞去の挨拶に参ったが、通らせてもろうてよいか」

と断った。

「老師、お連れ様もでございますか」

光然を承知の御番衆も、さすがに同道の磐音をどうしたものかと迷う風情があった。

「清水どのならば、新宮藩の前の城代榊原どのもよう承知の人物。怪しい御仁ではない」

と光然老師に言われた相手が不承不承頷いた。

なんと磬音は、御三家和歌山藩の城中に足を踏み入れたことになる。

光然が磬音を伴ったのは、初代藩主の頼宣が手掛けた紅葉渓《もみじだに》庭園で、西ノ丸庭園の別名で知られていた。

光然は西ノ丸の表門に用人を呼びだすと何事か話し合っていたが、

「清水さんや、しばらく控の間で待ってはくれぬか」

と願い、用人とともに西ノ丸の奥へと姿を消した。だが、四半刻もした頃、若侍が戻ってきて、

「清水平四郎どのにござるな」

「いかにも清水平四郎です」

「それがしに従いなされ」

と命じた。

式台脇の内玄関から上がる前に備前包平《かねひら》を腰から抜くと、右手に持った。利き腕に刀を下げたことで、邪心がないことを案内の若侍に告げたのだ。

廊下を幾重にも曲がり、連れていかれたのは西ノ丸の離れ屋だ。そこから光然老師の声と、まだ幼さが残る声が聞こえてきた。

「清水どのをお連れいたしました」

「こちらへ」

と光然老師の声が応じて、離れ屋書院に磐音は連れていかれた。高床に若君が着座し、平床に座す光然老師と二人だけで談笑していた。案内の若侍もその場からいなくなった。

「ほう、この者が予の江戸行きを止めた者か」

光然に話しかけたのは間違いなく和歌山藩跡継ぎの岩千代君だった。

「当人は、そのようなことは知らぬ存ぜぬと答えましょうな」

と光然が笑い、

「清水とやら、なぜ予の江戸行きを止めたな」

と岩千代が磐音に話しかけた。

「それがし、光然老師の供の分際にございます。大それた言辞を口にする謂れはございません」

「ならば兵衛と話さなかったか」

「いえ、それは」

「兵衛の変心が予の将来を変えたと、老師に聞かされたぞ」

と聡明そうな両眼が磐音をひたと見た。

そのとき、日光社参の道中、河原で若鷹《わかたか》を遣う家基との初対面の光景が磐音の脳裏を過《よぎ》った。それほど十五歳の家基と十歳の岩千代が醸し出す、明晰にして聡明な面立ちや落ち着いた挙動が似ていた。

「許す。直《じか》に予に答えよ。なぜ、そなたは予の江戸行きを阻《はば》んだな」

ふうっ、と小さな息を吐いた磐音は肚をかためた。

「恐れながら、岩千代様、家治様の養子におなりになるお気持ちにございましたか」

「予の問いには答えず、反問しおるか」

「失礼を顧みずお尋ね申します」

「父は三十にして隠居なされた。予は治貞様の養子に入ったが、それもこれも予の意志に非ず、天の定めるところ」

「こたびの江戸行きが消えたのもまた天命とはお考えになりませぬか」

「逃げおったな」

「和歌山藩家臣と領民は、岩千代様が治貞様の跡継ぎとして藩主に上がられるのを待ち望んでおられるのです。声なき声が岩千代様を和歌山にお留めしたのです」

「そなた、はきはきとものを言うな」

「恐れ入ります」

磐音が面を下げたとき、光然老師が、

「岩千代様、時に高野山に参られませ」

「清水平四郎もおるか」

「しばらくは内八葉外八葉に逗留しておりましょうな」

「また会えるか」

と岩千代が磐音に関心を持ったか、問うた。

「岩千代様がお望みとあらば、いつなんどきにても馳《は》せ参じます」

「この者、剣の達人にございます。いつの日か稽古をお受けなされ」

「ほう、剣の達人とな」

「それも天下の剣、王者の剣の遣い手にございます」

「よし、夏にも高野山に登る。清水平四郎、予に剣の手ほどきをいたせ」

「はっ」

と畏まった磐音の視界から岩千代が姿を消した。

梅津与三郎とおつなは岡口門に提灯が浮かんだのを見ていた。

「待たせおって」

と梅津が呟き、

「まさか夜旅はしますまい。海厳院に戻って明朝、高野山にもどる手筈《てはず》とみました」

「おつな、年寄り坊主と二人だけだぞ。それも夜の闇が城下を覆っておるわ」

「梅津様、お頭の指図が参るまでの辛抱にございます」

「そなたはまだ懐にした書状を出してもおるまい。一方、二人は明後日にも高野山奥之院に帰着しよう。坂崎が高野山に留まるとはかぎらぬぞ」

「明日いちばんに早飛脚を立てます」

「雹どのが高野山に姿を見せるのは、早うて明後日の夕刻であろう。奥之院に籠った坂崎磐音を斃せというか。山を騒がすよりもただ今が好機じゃぞ、おつな」

　おつなはしばらく沈思した。

　二人の視線の先を、磐音が提灯を持ち、老師を案内して高野山金剛峯寺末寺へと向かっていく。

「寺まで七、八丁ぞ」

「梅津様は未だ坂崎磐音の腕前を知りませぬ」

「おつな、そなたも未だそれがしの技量を知らぬ」

「斃す自信がございますな」

「なければ秋田藩がおれを派遣すると思うてか」

再び沈黙したおつなが、

「梅津様、先に私が坂崎の動きを封じます」

「含み針でか。要らざることよ」

「いえ、梅津様と私が力を相携《あいたずさ》えてなんとか斃せる相手にございます」

よし、と応じた梅津が静かに鯉口を切った。

磐音と光然老師は梅林に差しかかっていた。夜の闇に梅の香が漂っていた。

「なにやら待ち受けておる者がいるようじゃ」

と光然が呟いた。

「老師、なぜ、それがしを岩千代様にお引き合わせになりました」

「そなたの考えで榊原兵衛左ヱ門が変心し、大勢が決まり、岩千代様が和歌山にお残りになった。その責任《せめ》はとってもらわぬとな」

「田沼意次様の刺客に追われて旅をする一介の剣術家に、責任をとるなどできましょうか」

「坂崎磐音は必ずや江戸にもどり、再び世に出る。光然のご託宣じゃぞ」

と笑い声で応じたとき、行く手に二つの人影が立った。

雄ノ山峠で、野伏十日戎の紋蔵一味五人を殺した二人だった。

「坂崎磐音、今宵が最期」

と女の含み声が宣告した。

「老師、路傍の梅の木の下にしゃがんでくだされ」

と願った磐音は、

「そなた、尾張の聞安寺にも姿を見せた針糸売りじゃな」

と武家の女房に形《なり》を変えた女に質した。

「いかにも雹田平配下の針糸売りのおつなですよ」

「田沼意次様の刺客じゃな、雹の指図か」

「坂崎磐音、雹田平の指図など要らぬ。武蔵円明流の業前《わざまえ》を見よ」

と梅津与三郎がおつなに代わって宣言し、すでに鯉口を切っていた細身の剣を抜き、脇構えに置いた。

地面に吸いつくような構えだった。

自信に満ちた言辞どおり、なかなかの技量と思えた。

磐音とて全身全霊で当たらねばならぬ相手だった。その上、おつなが梅津の左側に控えていた。

磐音は、雹田平配下が紀伊領内に姿を見せたことで、姥捨の郷を発《た》たねばならないと考えていた。生まれて間もない空也を抱え、再び旅の暮らしにもどることになる。

(どうしたものか)

思い悩む磐音の耳に闇から声が響いた。

「雹田平は京にいて、こちらが紀伊領内に潜んでいることを、未だ承知してはいませんや」

弥助の声だ。

「おのれ」

とおつなが含み声で罵《のの し》り声を上げたところに、夜空にひゅるひゅると響く奇妙な音が聞こえてきた。

おつなは眼前の磐音に神経を集中しつつ、含み針を飛ばした。ために背後から襲いくる飛来物に身を晒すことになった。

磐音は掲げた提灯を虚空に残して、横手に飛んだ。

ぶすりぶすり

と含み針が落下しようとした提灯を射貫いたが、その直後におつなの後頭部を、

がつん

と、くの字に薄く削られた飛び道具が強打して、おつなの体がくねくねと動き、一瞬にして首の骨を折って息の根を止めた。その直後、

ばたり

と倒れたおつなの体を飛び越えた飛び道具が夜空に消えた。

「おつな」

と梅津与三郎が叫び、

「坂崎磐音、許し難し」

と怒声を発すると、脇構えのままにするすると路傍の梅林に飛んで、含み針を避けた磐音に迫った。

磐音が包平を抜く暇もない、流れるような攻めだった。

磐音は中腰のままに梅林に飛び下がった。道の反対側の路傍には光然老師が難を避けていた。そのことを確かめた磐音を梅津の一撃目が襲った。

磐音はさらに横手に飛んだ。

ばさり
と梅津与三郎の刃が梅の枝を切り落として、その分、刃風が遅くなり、羽織の袖をかすめた。

磐音はなんとか一撃目を避け得た。

だが、梅津は低い姿勢で迫ってきた。

磐音は梅の幹を体の前におき、楯《たて》にすると、梅の枝を摑んでいた。

地面に落ちた提灯の灯りが燃え尽きようとしていた。

梅津与三郎は、梅の幹を楯にして左右どちらかに飛ぼうとする磐音の考えを見抜いたように左側に飛び、脇構えから中段に移した剣を磐音の肩口に叩き付けてきた。

磐音は摑んでいた枝を手前に引くと離した。梅の枝が、飛び込んできた梅津の面を打った。

その間に磐音は飛び下がった。だが、別の梅の木に邪魔をされ、逃げ場を失った。

その時、提灯の灯りが消えた。

ふっふっふ
と梅津の笑い声が闇に響いた。

「もはや逃げられぬ」

と梅津が宣告した。

闇夜勝負ながら、互いの位置は分かっていた。

磐音は梅津の声から間合いを測った。

梅津は磐音が梅に邪魔され、身動きがつかないことをしっかりと残像に刻みつけていた。

「おつなの仇」

と梅津与三郎が踏み込みながら、得意の脇構えから磐音の胴を存分に抜いた。

刃が虚空を裂いた。

うーむ
と訝しげな声を上げた梅津与三郎の鳩尾《みぞおち》から胸に、冷たくも死の感触が走った。

ううっ

と呻《うめ》き声が洩れ、再び灯りが灯された。

弥助がぶら提灯を提げ、霧子が奇妙な飛び道具を携えて立っていた。

光然老師は灯りが戻ってきたとき、道の反対側の梅林から立ち上がり、闇夜勝負の結末を見た。

清水平四郎、いや、坂崎磐音が梅の幹に背を凭せかけ、両足を投げ出して座り、その片手には包平刃渡り二尺七寸（八十二センチ）が構えられ、大帽子《きっさき》が梅津の鳩尾を貫いていた。功名心に逸《はや》った梅津と、声から正確な間合いを測った磐音、闇夜勝負の明暗を分けた差は紙一重だった。

磐音がすいっと刃を引くと、くたくたと梅津与三郎が梅林に崩れ落ちた。

「ふうっ」

小さな息を吐いた磐音が立ち上がった。

「弥助どの、霧子、今宵はそなたらに助けられた」

「おやおや、そなたはいつも一人で行動すると思うたが、かようなお仲間を連れておったか」

と光然老師が驚きを交えた声音で言った。

「田沼意次様の刺客はしつこうございますでな。かように仲間の手を借りての逃避行にございます」

　弥助がぶら提灯を霧子に持たせるとおつなの懐を探り、京下長者町の杢蔵寺の霞田平に宛てた書状を摑み出した。

「若先生、読んでようございますか」

「願おう」

　弥助が封を披くと、霞が卜《ぼく》した影が坂崎磐音であること、磐音を供にしているのが高野山奥之院副教導室町光然であることなどが認《したた》められていた。弥助はおつなの書状を黙読し、

「なんとか間に合いましてございます」

　と磐音の不安を一掃した。

「われらが居場所を紀伊領内と特定されては、高野山の内八葉外八葉に住み暮らすわけにはいかなかった」

「若先生、書状を燃やしてようございますか」

「願おう」

　弥助が霧子の差し出すぶら提灯の火で、おつなが霞に宛てた書状を燃やした。

「ここでそなたらと別れると思うとなんとのう心残りじゃ。これでどうやら姥捨

の郷に留まれそうじゃな」

「老師、生まれた子を高野山詣でに連れていかぬことには、空海様に申し訳が立ちませぬ」

「ほう、それはまたなぜかな」

「空海様の一字を頂戴し、空也と名付けました」

「坂崎空也か、よい名じゃな。奥之院でお祓いをして進ぜるでな」

と老師が約束し、

「もはや和歌山には用はなし。このまま夜旅で高野山に戻ろうか」

「老師、往路は高野山の大門前から乗り物で雨引山を越えられましたぞ」

「ほれ、あれは江戸開明派の連中がこのわしの素《そ》っ首《くび》を狙《ねろ》うていたでな、大仰《おおぎょう》に仕立てたまでよ。坊主の旅は、二本足と決まっておるわ。竹杖さえあれば夜旅なんぞは乙《おつ》なものよ」

と平然と答えた光然老師は、夜の城下町を大和街道の入口目指してすたすたと歩き出した。

四

姥捨の郷の大屋敷で磐音は、年神様の雑賀聖右衛門、梅衣のお清ら三婆様、それに雑賀草蔵に、和歌山での首尾を報告した。

「年貢として二百両ですか。根来と粉河分を入れると三百両。厳しいのう」

と聖右衛門が呻くように言った。

「いえ、年神様、ものは考えよう。年貢と寄進で片がついたのじゃ。この姥捨の郷に藩の手が入らなかっただけでも上々の結果ではないかのう」

と梅衣のお清が言った。

「いかにもさようです。年神様、三百両の余分の費《つい》えは、採掘を増やすことと、京のお店で節約につとめ、売り上げを増やすことでなんとか補うことができます。それよりお清様も申されましたが、姥捨の郷が藩の介入から免れたのです、上出来にございます。それもこれも清水平四郎様、いや、坂崎磐音様のお働きがあればこそにございましょう。されど」

「草蔵どの、それがしはただ光然老師の付き添いにござれば、こたびのこと、なんのお役にも立っておりません。すべては、和歌山門閥派と江戸開明派の調停の労をとられた光然老師と二派の方々が歩み寄られた結果にございます」

「ならばお尋ねいたします、坂崎様」

「なんなりと」

「和歌山藩でも姥捨の郷の丹には大いに食指を動かされたはず。武田様も粉河寺では強硬な主張をしておられましたからな。それがなぜ二百両の年貢で解決の目処をみたのでございますか」

「はてそれは」

「坂崎様はその経緯《いきさつ》を存じておられましょうな」

と草蔵の舌鋒《ぜっぽう》はいつになく鋭かった。

「榊原兵衛左ヱ門様から、天満宮の最後の集いの経緯は聞かされました」

「榊原様はたしか岩千代様を江戸に送り出し、家治様の養子にと考えておられたはず。そのことと丹の一件はからんでおりましょうな」

「およそ調停と申すものは、妥協の産物かと」

「坂崎様。榊原様方は、なにを捨ててなにを得られましたな」

「草蔵どの、榊原様をはじめ両派の面々はなにも捨てられてはおりません」

「姥捨の郷のみに年貢と寄進の沙汰にございますか」

草蔵の追及は険しさを増した。

「光然老師の調停がなったのは、和歌山藩が岩千代様を家治様ご養子へ推挙なさるのをやめられたからかと推測いたします。そのことにより江戸開明派の態度が和らいだそうな」

草蔵の顔から険しさが消えた。

「田沼意次様を信奉する江戸開明派の面々は、田沼様に家治様の養子、ひいては次の将軍選抜の権限を保持させておくことが、田沼様との信頼関係をより密にすることに繋がりますからな。紀州徳川家からの養子推挙は迷惑にございましょうな。それにしても水野様や榊原様方門閥派は、なぜ岩千代様推挙を放棄なされたか」

磐音は黙したままだ。

「草蔵、坂崎様を問い質すことはそのへんでよしなされ。姥捨の郷の雑賀衆は生き残れたのじゃ」

と梅衣のお清が言った。

「早々に奥之院に人を遣わし、光然老師に礼を述べねばなりませんな」

と聖右衛門がお清に頷き、

「年神様、三婆様、江戸からの丹会所設立の取り止めの沙汰を聞いてからでは遅うございましょうな」

と草蔵が本来の懸念を思い出させた。

「おお、そうじゃ。江戸が丹会所の設立を諦めたわけではないぞ」

聖右衛門は一難去ってまた一難という顔をした。

「江戸開明派、和歌山門閥派の双方が手を携えて、和歌山領内に幕府が手を差し入れることを諦めるよう田沼意次様に願われるそうな。このために、田沼様に御養君御用掛の裁量を残しておかれたのです。あとは紀州江戸藩邸のお働きを見守るしかございますまい」

「われらがなすべきことはやり尽くしたか」

と聖右衛門が呟き、一先《ひとま》ず安堵の息を吐いた。

「ご一統様、光然老師の計らいでそれがし、岩千代様にお会いいたしました」

「なんと」

磐音の告白は一座に新たな驚きを与え、梅衣のお清が磐音を見た。

「警護方として和歌山に伴《ともの》うた坂崎様を、光然老師が岩千代様にお引き合わせした真意は那辺《なへん》にあるや」

　と草蔵が呟き、尋ねた。

「坂崎様、岩千代様のお人柄はいかがでしたか」

「明朗闊達《かったつ》、明晰にして情のあつい若君と拝察いたしました」

「坂崎様は、亡き家基様の面影と重ね合わせてご覧になったのではございませんか」

「草蔵どの、家基様は家基様、岩千代様は岩千代様。置かれている立場が違いましょう」

「だが、岩千代様が江戸へ送られれば、家基様のお立場に立たれることもあり得たでしょう」

「いかにもさよう」

「これで最前の疑いが解けました」

　と草蔵が不意に言い、肩から力を抜いた。

「草蔵、なんの話か」

「年神様、岩千代様が江戸に出られても、家治様の跡継ぎになると保証されたわけではございますまい。岩千代様は賢い若君と聞いております。どなたかの都合に悪《あ》しきとき、家基様と同じ運命《さだめ》、悲劇が待ち受けていることも考えられました」

「榊原様方は、そのことまで読み通して岩千代様を江戸に出されることをやめられたか」

「お清様、それにはどなたかのご忠言が要りましょうな」

「光然老師かのう」

「いえ」

と草蔵の視線が磐音にそそがれた。

「草蔵どの、それがし、こう理解しております。岩千代様は紀州和歌山藩の藩政改革になくてはならぬお方。ために江戸開明派も和歌山門閥派も将軍位に就けられることを諦められた」

草蔵は穴が開くほど磐音の顔を見ていたが、

「坂崎様を追及したところで、はい、とは決して申されまいな」

「草蔵、光然老師と坂崎磐音様のお働きを信じて、京に戻るがよい」

と梅衣のお清が言った。

「京のお店を長いこと留守にいたしましたでな、明日にも奥之院に上がって光然老師にお礼を申し、その足で京に戻ります」

「そうしなされ」

とお清に命じられた草蔵が、

「坂崎様、和歌山に入り込んだ田沼意次様の刺客二人を始末したと申されましたな。二人に仲間がおったとは、考えられませぬか」

と質した。

「弥助どのが、雹田平の配下、針糸売りのおつなの懐にあった書状を検《あらた》めました。その内容から仲間がおったとは思われません。ために弥助どのはその場で書状を燃やし、二人の亡骸を始末なされた。それに雄ノ山峠をこの二人が越えたところを番所役人に見られております」

磐音の言葉に頷いた草蔵が、

「雹田平は京に拠点を設けて、茶屋本家を見張っているのですな」

と話柄を変えた。

「その様子です」

「書状の宛先はどちらでございましたな」

「下長者町の杢蔵寺というところにございました」

「茶屋本家近くですな。京に立ち帰りましたら、杢蔵寺に雑賀衆を貼り付けます。なんぞ動きがあれば即刻、姥捨の郷に連絡《つなぎ》を入れます」

「草蔵どの、ありがたい。されど霍田平はなかなか油断のならぬ唐人にございます。無理をなさらないでくだされ」

「坂崎様、京はわれらが商いの拠点にございます。田沼様の手先の唐人などを京市中に跋扈《ばっこ》させてよいものでしょうかな。こたびのお礼にそやつの動きは、坂崎様に逐一知らせますでな」

と草蔵が請け合った。


磐音はわが腕に十数日ぶりにわが子を抱いた。空也は目鼻立ちがさらにはっきりとして指の力も強くなっていた。

「おこん、空也は一回り大きくなっておるわ。手足の力も以前とは比べものにならぬ。礼を申すぞ」

「いえ、雑賀衆の女衆《おんなし》がよう面倒をみてくださいます。それに辰平さんも利次郎さんも空也の世話をしてくださり、ときに襁褓《むつき》まで替えてくださいます。前途有為な若様に申し訳なく思うております」

「前途有為な若様じゃと、それは違いますぞ、おこん様。いつぞや若先生が、われら七人は深い縁《えにし》に結ばれた身内であると申されました。身内なれば、弟の襁褓くらいなんでもございません」

と利次郎が胸を張り、

「でぶ軍鶏《しゃも》がようも言いおるわ。襁褓の替え、洗濯と、このおれに押しつけたではないか」

と辰平が憮然と呟き、

「えっ、利次郎さんはそんな情のないお人でしたか。考えなくちゃならないわ」

と霧子が口を挟んで、

「霧子、待て。なにを考えるというのだ」

「いえ、妹が考えうるすべてのことです」

「それはなかろう。辰平は大仰に言うたのじゃぞ。それがしはそれがしで精々留守を務めたぞ。で、ございましょう、おこん様」

利次郎がおこんに助けを求めた。

「はいはい。利次郎さんは陰であれこれとお働きになっておられましたよ、霧子さん」

「そうでございましょうか。お人柄はたいへんよろしいのですが、ときに昔の癖が出て、手を抜かれます」

と霧子に喝破《かっぱ》された利次郎が、

「霧子、そなた、それがしに対する見方が厳しいぞ。久しぶりに会《お》うたのじゃ、もそっと労《いたわ》りの気持ちを持てぬのか」

とぼやいた。

「辰平どの、利次郎どの、稽古はどうじゃな」

「雑賀衆の道場に毎日顔を出しまして、重富利次郎、未熟な技量ではございますが、集まってこられる雑賀衆相手に指導を怠りませんでした」

「それはご苦労でござった。で、お二人の稽古はいかに」

「毎朝、寝起きのわるい辰平をなんとか起こして、八つ半（午前三時）の刻限から二刻（四時間）ほど、びっちりと打ち込みやら、かたち稽古に精を出しました」

辰平が、あああっ、という顔をした。

「利次郎さん、わしが姥捨の郷に戻ったとき、目覚めの悪いどなたかを辰平さんの声が懇願するように起こしておったがな」

「弥助様、それは聞き違いにございますぞ。いやはや、辰平の寝起きときたら」

と言いながら霧子の顔に気付いた利次郎が、

「いや、そういう朝もあったかと記憶しております」

と大きな体を小さくした。

「若先生、利次郎の行状はさておき、この次、姥捨の郷を出る御用の節には、われらもお供に加えてください」

と辰平が願った。

「辰平どの、われらの姥捨の郷逗留は、なんとのう長引くような気がいたす。当然、われらがこの郷を出て、御用を務めることもあるやもしれぬ。その折りは二人の力も借りることになろう」

「ありがたき幸せに存じ候」

と利次郎が頭を下げた。

磐音は江戸で田沼意次の権勢が続く以上、そう容易に帰府《きふ》は叶うまいと考えていた。この姥捨の郷を仮の住まいにして、どのように武芸修行と御用をなしうるか、磐音は考え始めていた。

「高野山奥之院の光然老師が、内八葉外八葉の山谷を自在に修行の場に使えと許された。明日より三日に一度は姥捨の郷を出て、高野十谷を走り回る修行を加えよう」

ごくり、と利次郎が唾を呑む音がした。

数年前まで利次郎はでぶ軍鶏と呼ばれていたほど太っていた。だが、厳しい稽古の甲斐《かい》あって五体は引き締まり、四肢がしっかりとしたが、相変わらず走りは得意ではなかった。

「走り込めば体力がつき、長い稽古にも動きと集中力が落ちぬ」

「若先生、精々努めます」

「手を抜かれぬよう、私が利次郎さんの背後から走ります」

「なにっ、霧子、坂道などではわが尻を押してくれるか」

「冗談を言われてはなりませぬ。竹棒を持参して、走りが衰えたときには利次郎さんの尻を容赦なく突《つつ》きます」

「おい、霧子。それは薄情にすぎぬか」

と悲鳴をあげて、おこんらが笑い転げた。すると空也まで笑う様子があった。

弥助は、磐音がおぼろに頭に浮かべた考えが、姥捨を拠点にした直心影流尚武館佐々木道場の再興なのかどうか、判然とせずにいた。だが、磐音が肚を決めたように、老中田沼意次との戦いは一朝一夕に決着がつくものではないことは分かっていた。

（ならば姥捨の郷で武芸修行も一つの途か）

七人の身内の長老はそう考えていた。


「伊勢屋稲荷に犬のくそ」

と呼ばれるほど、江戸の三大名物の一つが稲荷の社《やしろ》だ。どこの町内にも必ずといっていいほど、稲荷社があった。

この稲荷信仰に関わりがあるのが、こども祭りでもある初午《はつうま》の祭りであった。

陰暦二月の初めての午の日の夕暮れ、花嫁行列が両国橋を渡って本所北割下水に向かっていた。

学問所勤番組頭椎葉弥五郎の娘お有が品川柳次郎のもとに嫁入りする行列だった。

品川家では屋敷の内外を丹念に掃き清めて、篝火《かがりび》を焚《た》き、花嫁を迎える仕度を終えていた。

すでに仲人の桂川甫周国瑞と桜子夫婦は品川家に到着していた。

正客は小普請組組頭中野茂三郎、南町奉行所与力笹塚孫一、定廻り同心木下一郎太ら数人が武家で、あとは町人が多かった。今津屋の老分番頭の由蔵、地蔵蕎麦の親分の竹蔵《たけぞう》、おこんの父親の金兵衛、宮戸川の鉄五郎親方、竹村武左衛門ら二十数人ほどが客だった。

むろんこれらにお有の両親、椎葉弥五郎と志津に弟の佐太郎《すけたろう》が加わり、幾代らを入れて三十人ほどの祝言だった。

花婿の柳次郎は継裃に威儀を正して、落ち着いた様子で花嫁の到着を待ち受けていた。

「桂川先生、この場に坂崎磐音様とおこんさんがおられたら、文句のつけようのない祝言にございますがな」

と由蔵が仲人に話しかけた。

「老分どの、こればかりは致し方のうございましょう。私が代役ではいささか心もとのうございますかな」

「とんでもないことで。将軍家の御典医の甫周国瑞様と桜子様に代役など、だれが望んでも叶わぬもの。この由蔵、してやったりとほくそ笑んでおるところにございます」

と由蔵が自らの思い付きを自画自賛したとき、今日ばかりは酔ってもならぬ、行儀よくせよと女房の勢津《せつ》に言い聞かされてきた武左衛門が、

「おい、柳次郎、嫁女が変節したか、麴町裏の平川町から花嫁行列が北割下水に来る様子はないぞ」

と言うのへ、何人かが非難の眼差しを向けた。だが、花婿をはじめ、武左衛門を知る人間たちは平然としたものだ。それでも大頭の笹塚孫一に、

「これ、武左衛門どの、めでたい席じゃぞ。しばらくその口、閉ざしておりなされ。これ以上、悪態をつくと牢《ろう》屋敷に放り込まねばなるまいな」

と注意されて、武左衛門が慌てて口を閉ざした。さすがに居心地が悪かったのか、

「よし、わしが表を確かめてこよう」

と立ち上がった。すると由蔵が、

「そなた様が行くと新たな揉《も》め事《ごと》が生じます」

と引き止めたが、武左衛門は座敷から門前に出ていった。すると北割下水の水面《みなも》に提灯の灯りを映した花嫁行列が、ゆったりと品川家に近付いてくるのが見えた。

さすがの武左衛門も黙り込むほどに、幻想的で美しい花嫁行列だった。

「柳次郎、喜べ。お有どのがそなたのもとに嫁に来たぞ！」

と叫んだ武左衛門の喜びの声が品川家の門前に響き渡り、柳次郎とお有の祝言が始まった。

巻末付録

江戸よもやま話

御家騒動――江戸の下剋上

文春文庫・磐音編集班 編

空也が生まれ、束の間の平穏を得た磐音でしたが、隠れ里にも田沼の手が迫ってきます。田沼に与するか否か、和歌山藩内もふたつに割れ、いわゆる「御《お》家《いえ》騒動《そうどう》」状態。関前藩や山形藩など、これまで数々の藩の内紛を収めてきた磐音は、いわば内紛解決請負人。姥捨の郷を、雑賀衆を守るために、高野山の祈りの道を奔走するのでした。

藩内の内紛である御家騒動は、江戸時代を通じて、数多く起きました。藩政改革をめぐる意見対立や、家臣同士の権力争い、乱暴狼藉や淫行など藩主自身の不行状まで、その原因は様々。ただ、藩内の揉め事を収めることができない藩主は、幕府から管理責任を問われ、強制的に隠居を命じられ、場合によっては改易《かいえき》（領地没収）、御家断絶に処されることもありました。今回は、藩を揺るがせた御家騒動の真相に迫ります。

まず、「江戸三大御家騒動」として必ずその名が挙がる「伊達《だて》騒動」をご紹介しましょう（残りふたつは、一般的に、加賀《かが》騒動、黒田《くろだ》騒動または仙石《せんごく》騒動）。この騒動によって、江戸時代前期、伊達政宗《まさむね》を藩祖とする仙台藩六十二万石が、あわや改易かというほどの危機に瀕しました。ごく大まかに言えば、素行の悪い第三代藩主伊達綱宗《つなむね》が家臣によって隠居させられた後、新藩主・亀千代《かめちよ》（綱村《つなむら》）をめぐって起きた家臣同士の権力抗争。中心となったのは、伊達一門の重鎮で、亀千代の大叔父にあたる伊達兵部大輔《ひょうぶだゆう》宗勝《むねかつ》、家老の原田《はらだ》甲斐《かい》宗輔《むねすけ》と、彼らに反発する同じく一門の伊達安芸《あき》宗重《むねしげ》です（伊達家略系図参照）。少々長いですが、誰が首謀者かを想像しながらお読みください。

わずか二歳の亀千代が新藩主となり兵部が後見人として藩政の実権を握り、意に沿わない家臣は容赦なく粛清されていきました。反兵部派の中心と目された安芸は、兵部の専横を幕府へ上訴するにいたります。兵部は、嫡男・宗興《むねおき》の正室が幕府大老・酒井忠清の養女という強い縁故を頼り、安芸に上訴を取り下げるよう、忠清から圧力をかけてもらいますが、反兵部派の勢いは増すばかり。ついに、幕府は上訴を受理し、江戸の酒井邸で審判が行われることとなりました。

そして迎えた伊達騒動の一番長い日——寛文《かんぶん》十一年（一六七一）三月二十七日。安芸と、甲斐ら三人の家老が一人ずつ別室に呼ばれ、大老ら幕閣の面々から尋問を受けます。

甲斐だけが異論を述べ、「未だ申し上げたき仔細がござる」と何度も懇願するも取り合ってもらえなかったと伝えられます。心ここにあらずの体で立ち上がった甲斐は驚愕の行動に出ます。安芸の傍らにいき、

「おのれ故に――」

と叫んで脇差《わきざし》を抜き、安芸を斬り付けたのです。安芸はその場で落命。甲斐は斬られ、酒井家の家臣によって斬られた他の家老とともに、死亡しました。

大老の面前で起きた甲斐の不祥事は、申し開きの余地などなく、甲斐の嫡男ほか三人は切腹、孫も死罪となり、原田家は断絶となりました。一方の兵部も、妄《みだ》りに刑罰を科して藩政を混乱させたとして、藩主を務めていた一関《いちのせき》藩は改易、土佐《とさ》へ配流となりました。とくに「寛文事件」と呼ばれるこの一件、唯一の救いは、亀千代には累が及ばなかったことでしょう。

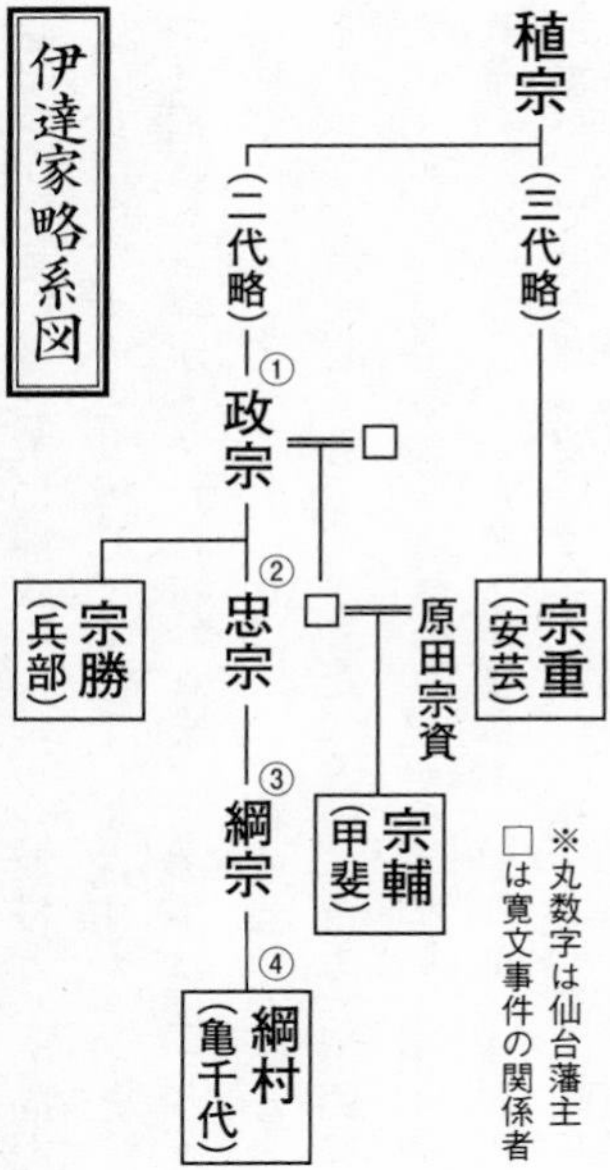

甲斐の乱心は事件最大の

謎ですが、兵部とともに藩政を牛耳った悪役として描かれることが多いようです。一説に、兵部は、大老と共謀して、亀千代を藩主から引きずり落とし、嫡男・宗興を仙台藩主に据える陰謀があったと言われます。藩主に仕える御典医が罪状不明で死罪となった事件が起きていて、これは兵部が亀千代を毒殺しようと仕向けたのだとも。ただし、亀千代を亡き者にしても、弟がまだ二人いるため、宗興にお鉢が回ってくるのは難しかったのではと考えられています。伊達騒動を描いた山本周五郎の『樅《もみ》ノ木は残った』では、兵部の陰謀を阻止するため、甲斐はあえて兵部の懐に飛び込んだ忠臣として描かれていますが、ではなぜ、安芸は殺されたのか……。御家騒動ミステリーの謎は深まるばかりですが、登場人物の立ち位置を変えると、裏の顔が現れてくる恐ろしさを感じます。

ちなみに、大老・酒井忠清は越後《えちご》高田藩の内紛、「越後騒動」にも顔を出します。延《えん》宝《ぽう》二年（一六七四）、藩主松平光長《まつだいらみつなが》の嫡男綱賢《つなかた》が死去し、後継者問題をめぐり、筆頭家老小栗美作《おぐりみまさか》の一派と、永見大蔵《ながみおおくら》や家老の荻田主馬《おぎたしゅめ》を中心とする反小栗派とに別れて争いが起きます。藩主光長の異母妹の夫vs異母弟という一族内の狭い争いは、幕府の裁定により小栗派がいったん勝利します。ただ藩内の混乱は収まらず、再審が始まり、同九年、五代将軍綱吉《つなよし》は「家中両成敗」との判断を下し、永見・荻田を八丈島へ遠島、小栗に切腹を命じたばかりか、高田藩を改易してしまったのです。さらに、担当であった忠清（直前に死去）の責任も追及され、嫡男忠挙《ただたか》は逼塞《ひっそく》処分となりました。たとえ徳川一門

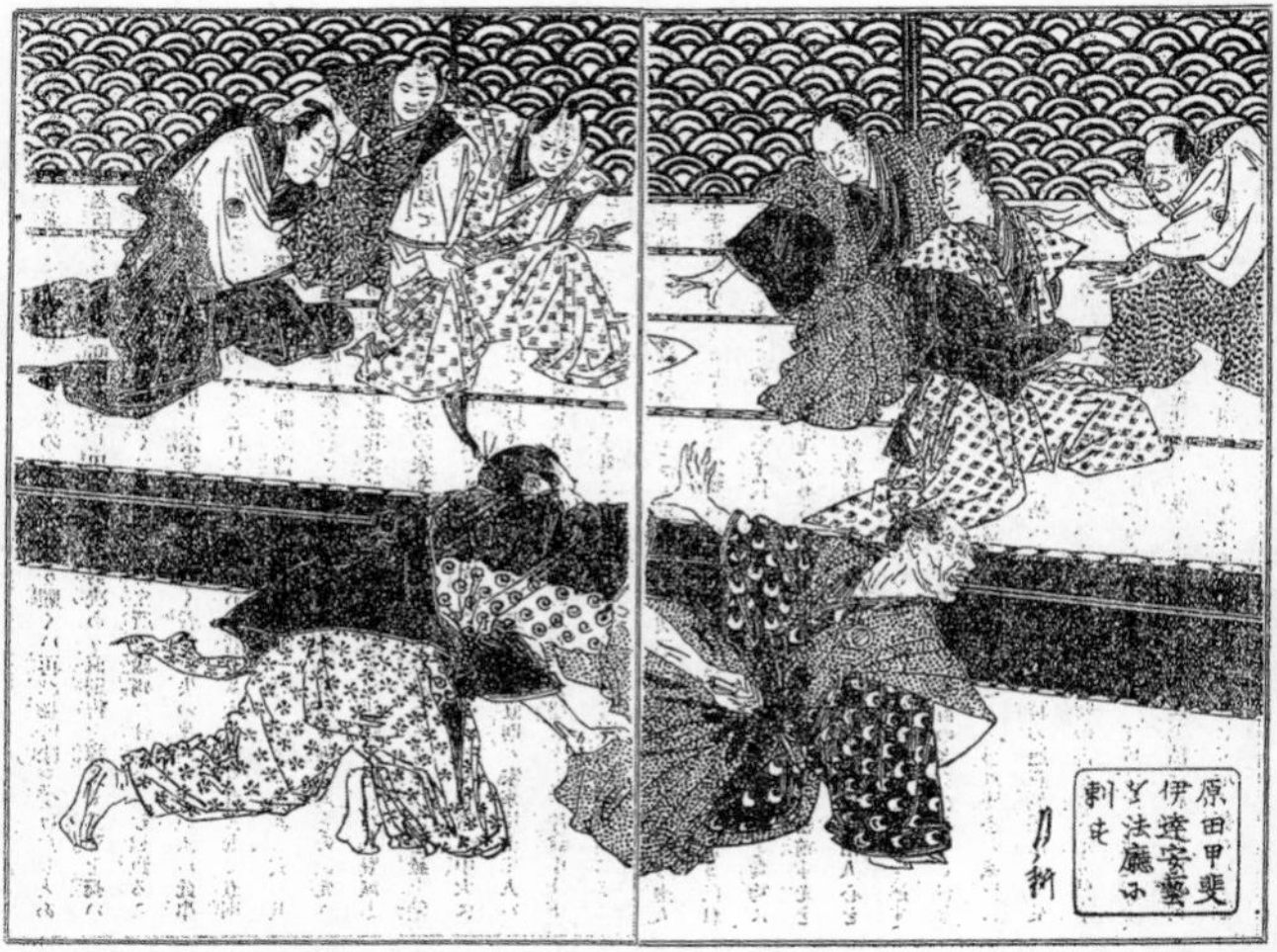

図　酒井忠清邸での審判の場で、原田甲斐が伊達安芸に斬りかかる場面を描いた挿絵。『通俗日本外史』（青木輔清著、1887年刊）「伊達騒動の事」より（国立国会図書館蔵）。

の親藩大名であっても、たとえ幕閣にコネがあっても、容赦なく処罰される……。この事件以降、藩から幕府に調停を依頼することは減り、内々の解決を目指すようになりました。

さらに余談ですが、父・忠清の失脚によって、人生が暗転した忠挙は、綱吉と唯一無二のホットラインがある柳沢吉保《やなぎさわよしやす》と姻戚関係を結ぶことに腐心します。その甲斐あって、親族の小笠原《おがさわら》長胤《ながたね》が不行状を咎められて改易となった際は、全く咎めを受けませんでした。真の人脈力を、父の失敗から学んだのかもしれません。

閑話休題。

伊達騒動、越後騒動で一方の有力者として登場するのが家老です。その存在感は主君を圧倒しています。時代劇では、若い殿様が、白髪の家老を「爺」と呼ぶシーンを見かけますが、必ずしもみなが老齢ではありませんでした。世が世ならば、戦場で一軍団を率いるような有能な家臣であり、戦争のない江戸時代では、格式の高い家がいくつか、代々世襲して家老を務めます。なかでも大きな家は永代家老として常に家老を務め、藩主である大名家と姻戚関係を結びます。当然ながら、家中では高給取りで、大藩では一万石以上の領地を持つ大名クラスの家老もいました。たとえば、加賀藩には「加賀八家」と呼ばれる八人の大名家老がおり、筆頭家老の本多家《ほんだ》（徳川家康の重臣・本多正信《まさのぶ》の次男の家系）は、なんと五万石の領地を有していました。当然、発言力もありますから、御家騒動に関わることも多かったのでしょう。

次にご紹介するのは、家老が仰天の行動に出た御家騒動です。筑前《ちくぜん》福岡藩の二代目藩主・黒田忠之《ただゆき》は、祖父が黒田孝高《よしたか》（官兵衛《かんべえ》）、父が長政《ながまさ》という名将の血を継いだ御曹司。創業二代の功績で安定した藩政を引き継いだ忠之は、生来の傲慢《ごうまん》で我儘な性格を露《あら》わにしてしまいます。イエスマンのみで周囲を固め、諫める家臣は追放。幕府によって禁じられた五百石以上積みの大型船舶を無断で建造するなど、傍若無人な振る舞いは目に余るほどでした。

強い危機感を持った筆頭家老の栗山大膳《くりやまだいぜん》は、忠之を諫めますが、それが気にくわない忠之は大膳を手討ちにしようと彼の屋敷を囲ませます。そこで大膳は、周囲が青ざめるような行動に出ます。なんと「黒田家に謀反の疑いあり」と自ら幕府に告発したのです。これを受けた三代将軍家光《いえみつ》は、大膳の訴えは「藩主への忠心に欠ける」と、大膳を盛岡藩へお預けとし、忠之はお咎めなしと裁定しました。世にいう「黒田騒動」です。これには後日談があって、忠之に幕閣から送られてきた書状には、家臣と相談して藩政を行った父・長政を見習い、独断に走らないようにと忠告が書かれていました。幕府は知っていたのです、忠之に非があることを。後年、大膳は自らの命を賭けて主君を諫め、御家の危機を救おうとしたと脚色がなされますが、先代から仕える家老を疎ましく思った忠之に対する、家老の反抗というのが真相だったのでしょう。

一方、権力を持った家老を抑え、藩主が自ら政治を（意のままに）実行するのは難しかったようで、家老に返り討ちにあって藩主が追放されてしまうこともありました。武士たるもの、主君を排すなど許されざる行為と思いきや、「押込《おしこめ》」として認められる場合があったのです。押込とは、文字通り、藩主の身柄を拘束し、座敷牢などへ強制的に監禁することで、長ければ数カ月に及びます。その間、家臣は藩主と話し合い、藩主が改心した様子ならば復帰させ、一向に性根が変わらないならば隠居させました。次の藩主を決めて、幕府に届け出ることが必要でした。

最後に挙げるのは阿波《あわ》徳島藩で起きた「阿波騒動」です。吉川英治『鳴門秘帖』で、幕府転覆を狙う黒幕とされた、第十代藩主・蜂須賀《はちすか》重喜《しげよし》が主人公です。端的に言えば、藩政改革を断行しようとする主君と、それに抵抗する家臣との十年戦争です。

重喜がメスを入れようとしたのは、家格・身分に応じた役職にしか就けない固着した人事システムでした。家格秩序に縛られない役職制度（役席役高の制）を導入し、身分が低くても有能な人物を登用しようとしました。

これに反発したのが、高い身分によって藩政を独占する家老たちでした。藩政を統括していた家老（仕置《しおき》家老）の山田《やまだ》織部《おりべ》は、新法に反対する諫言を行いますが、重喜を呪い殺そうとしたことが発覚して切腹させられます。また、密かに重喜の「押込隠居」を画策した家老たちも、重喜の巧みな切り崩し工作で分裂し、追放されました。ここに口うるさい家老連中は一掃され、重喜は意のままに改革を断行します。

ただ、権謀術数で伸してきた人物は往々にして堕落も早い。重喜も例外ではなく、倹約令を発する一方で、自身は豪奢な別荘御殿を造営し、己の意に従わない家臣は躊躇なく処罰するなど、徐々に苛政《かせい》へと堕ちていきます。やがて幕府の知るところとなり、残された家老らは、これが最後のチャンスと、親戚の有力大名に、重喜が隠居謹慎することで穏便に済ませたいが、万一重喜が隠居を承知しないときは、蜂須賀家役人一統の手で藩主を「押込隠居」させる所存なので、取り計らってほしいと泣きつきました。結局、幕府によって悪政の責任を問われた重喜は、家臣の願い通り隠居させられたのです。

身分と役職が固定化された時代。藩主の家系に生まれれば、いかに暗愚でも藩主となります。家老をはじめとする家臣がとってかわるような下剋上はあり得ません。彼らが唯一行うことができたのは、幕府に願い出て騒動を大きくし、公的な裁定によって藩主を引退に追い込むことでした。ただ失敗すれば、自身の命はもちろん、藩自体が消滅するかもしれない、まさに一か八かの賭けでもあったのです。

【参考文献】

福田千鶴『幕藩制的秩序と御家騒動』(校倉書房、一九九九年)
笠谷和比古『主君「押込」の構造 近世大名と家臣団』(講談社学術文庫、二〇〇六年)
山本博文『大江戸御家相続』(朝日新書、二〇一六年)
『サライの江戸 江戸三百藩大名列伝』(小学館、二〇一八年)
福留真紀『名門譜代大名・酒井忠挙の奮闘』(文春学藝ライブラリー、二〇二〇年)

本書は『居眠り磐音　江戸双紙　紀伊ノ変』（二〇一一年四月　双葉文庫刊）に
著者が加筆修正した「決定版」です。

編集協力　澤島優子
地図制作　木村弥世

文春文庫

紀《き》伊《い》ノ変《へん》

居眠《いねむ》り磐音《いわね》（三十六）決定版《けつていばん》

定価はカバーに表示してあります

2020年8月10日　第1刷

著　者　佐伯泰英《さえきやすひで》

発行者　花田朋子

発行所　株式会社　文藝春秋

東京都千代田区紀尾井町 3-23　〒102-8008
TEL　03・3265・1211㈹
文藝春秋ホームページ　http://www.bunshun.co.jp

落丁、乱丁本は、お手数ですが小社製作部宛お送り下さい。送料小社負担でお取替致します。

印刷製本・凸版印刷

Printed in Japan
ISBN978-4-16-791551-3